Soy una bruja

Tlf.: 952 71 43 95
Fax: 952 71 43 42
Canteros 3-7 -29300- Archidona (Málaga)
e-mail: aljibe@edicionesaljibe.com
www.edicionesaljibe.com

I.S.B.N.: 978-84-9700-770-2
Depósito legal: MA 236-2013

Diseño, maquetación e ilustraciones: Eva María Gey Trenado

Diseño de cubierta: Eva María Gey Trenado

Imprime: Imagraf. Málaga.

Carmen Gil Mártinez
Ilustrado por Eva María Gey Trenado

EDICIONES
ALJIBE

Capítulo 1

Tadea se puso los zapatos de piel de rata de cloaca y se embutió en su túnica negra y morada, tejida por la bruja Armanda con hilos de tarántula. Después se colocó cuidadosamente su collar de dientes de serpiente de cascabel y su anillo de ojo de sapo. Tras despeinarse durante un buen rato la melena negra, se encasquetó su gorro picudo, un modelito de Brujian Blor hecho con las alas de treinta y dos murciélagos del castillo de Drácula. Y para terminar, el toque maestro. Cogió un botecito de cristal morado de la estantería, mojó la yema de su dedo índice y se untó el líquido pestilente detrás de las orejas. Era el perfume de algas putrefactas que le había traído la momia Hipalila de Egipto, donde dicen que se fabrican las esencias más embriagadoras. Y de esta guisa, Tadea se miró al espejo y le gustó lo que vio:

—Estoy irresistible –dijo en voz alta.

Y miró a su cuervo Tenebroso que daba vueltas alrededor de la punta de su sombrero. Tadea se subió en su escoba último modelo, con asiento anatómico y airbag de serie, decidida a sobrevolar el planeta en busca de alguien a quien chinchar, fastidiar y jorobar. Pero mira tú por dónde, cuando se disponía a arrancar su vehículo ultrasónico, surgió de detrás de un helecho un muchachito desgarbado y larguirucho, más pálido que una vela y con una cesta en el brazo. Tadea, en cuanto lo vio, se puso a temblar como una hoja, se tropezó con el palo de la escoba y fue a dar de narices contra el suelo del robledal. Mientras intentaba ponerse de pie, notaba que las mejillas subían de un suave tono ceniza a un intenso gris nube de tormenta.

—Buedos días, Tischantro –acertó a decir con la lengua hecha un lío.

—Buenos días, Tadea –le respondió Tristancho. Su voz siniestra y lúgubre le sonaba a la brujita a música celestial.

—Móco, ¿tú por quía? –balbució Tadea. Mientras tanto, Tenebroso no dejaba de graznar sobre su cabeza. La verdad es que al cuervo no le gustaba nada, pero que nada de nada, ver a su dueña tan aturullada por un brujillo de tres al cuarto.

—Pues ya ves –explicó el muchacho–, estoy buscando raíces de mandrágora para una de mis pócimas.

—¿Rieques que te aduye? –preguntó (bueno, hizo lo que pudo) Tadea.

—¡¿Qué estás diciendo?! –graznó indignado Tenebroso, en un idioma que sólo podía ser entendido por Tadea–. No podemos entretenernos. Estamos en horas de trabajo y tenemos por delante mucha tarea que hacer. ¡Verás como se entere la Bruja Jefa!

Pero Tadea no hizo el menor caso a sus graznidos, aunque estaban a punto de perforarle el tímpano. Con cara de boba y el corazón latiéndole a cien, se colocó al lado de Tristancho, dispuesta a acompañarlo en su búsqueda de raíces con mágicas propiedades.

¡¡TIC TAC TIC TAC!

—¿Por qué no me habré hecho yo mascota de un hada repelente y responsable –se quejó el cuervo– y no de esta bruja descerebrada que me va a buscar la ruina?

Mas la bruja ya no oía nada que no fuera la voz susurrante y arrulladora de su adorado Tristancho, ni veía otra cosa que sus enormes ojos negros. Y así, con una sonrisa bobalicona dibujada en los labios, diciendo disparates en el lenguaje de los que se les enreda la lengua, y dando algún que otro traspiés perseguida por los graznidos de su mascota, las horas (laborables, por cierto) fueron pasando para Tadea sin incordiar a un solo ser viviente, que es la obligación de cualquier bruja que se precie.

Y mira tú por dónde, pasaba por allí cerca la bruja Otilia, en paro desde hacía dos lustros. Otilia, que era de color amarillo cirio, se volvió verde de envidia el día que a Tadea le dieron un puesto de trabajo en la

Cooperativa de Brujas Fastidiosas SA

Desde entonces, andaba siempre cerca de la brujita intentando pillarla en un renuncio para denunciarla a su jefa, la bruja Espiria, que por cierto tenía un carácter que hacía temblar a las piedras.

—¿Su Ilustrísima? –habló Otilia con el móvil pegado a la oreja– Soy una denunciante anónima y llamo para informar de que la bruja Tadea lleva toda la mañana coqueteando con un jovenzuelo y sin dar un palo al agua.

No sabemos lo que contestó la Bruja Jefa. El caso es que Otilia salió volando en su escoba con una sonrisa de triunfo atravesándole el rostro.

Entre tanto, Tadea se había despedido de su hermoso galán y, sentada en un tocón de roble, disfrutaba aún de su embelesamiento. Pero no tardó en sacarla de su ensoñación la sintonía de un móvil. Se trataba de la marcha fúnebre de Chopin, y el móvil en cuestión, gris y con forma de ataúd, era el suyo. Cuando la bruja miró la pantalla de su teléfono y vio el nombre de la Bruja Jefa, las piernas empezaron a temblarle con tal fuerza que el sonido del entrechocar de sus rodillas se oyó a cientos de kilómetros a la redonda.

—¿Lo ves? Te lo dije –refunfuñó el cuervo– Ya sabía yo que tanto flirteo no podía traer más que desgracias. Vamos, ¿a qué esperas? Coge el móvil de una vez.

Pero la bruja se había quedado paralizada y no era capaz de mover voluntariamente ni la punta de la nariz, por lo que el cuervo tuvo que coger con su pico el aparato, apretar la tecla verde y pegarlo a la oreja de Tadea.

—¿Ssss-sí? –musitó y ya no pudo decir nada más. Pero Tenebroso observó que de su rostro se borró la expresión bobalicona para dar paso al gesto de pesadumbre más grave que había visto jamás en el semblante de su dueña.

—¡Ay! –se lamentó Tadea al colgar el aparato.

—¿Qué ha pasado? –preguntó Tenebroso lleno de ansiedad.

—¡Ay! –volvió a gemir la bruja.

—Cuéntame. ¿Qué te ha dicho?

—¡Ay! –se quejó una tercera vez Tadea.

—Pero ¿quieres dejar ya de lloriquear y explicármelo todo?

—Pues que... Me ha despedido. Me ha puesto de patitas en la calle.

—Si ya sabía yo que esto iba a pasar. Te lo dije. Te lo dije. Te lo dije.

Tadea ya no escuchaba los reproches de Tenebroso: estaba demasiado preocupada por su futuro como para prestar atención al cuervo gruñón.

—¿Qué voy a hacer ahora? ¿Qué voy a hacer?

—Bueno, bueno, vamos a calmarnos un poco –recomendó Tenebroso posándose sobre la hierba–. Déjame pensar.

Y mientras el cuervo cavilaba paseando arriba y abajo, abajo y arriba, Tadea no dejaba de gimotear.

—¿Qué va a ser de mí? ¿Quién me va a dar empleo cuando sepa que la Cooperativa, la empresa brujesca más prestigiosa, me ha despedido? ¿Quién?

—¡Ya lo tengo! –Tenebroso lanzó un graznido tan chillón que hasta las orugas salieron de sus crisálidas.

—¡Ya lo tengo! –repitió y pasó a explicarse– Verás, para encontrar colocación lo único que necesitamos es un buen currículo. El tuyo no es para tirar cohetes. Sólo has tenido un trabajo y lo has perdido en menos de un mes.

—Ya, ya, pero es que... –intentó defenderse la brujita.

—No me interrumpas, por favor –le pidió el cuervo malhumorado–. La solución es mejorar tu currículo.

—¿Y eso cómo se hace? –preguntó la bruja, a la que aquella palabra tan rara le sonaba a pompis.

—Muy fácil: haciendo méritos. Recorreremos el mundo y haremos las brujerías más pérfidas, crueles y perversas que imaginar se pueda. Las anotaremos detalladamente, acompañándolas de fotografías y videos, y... ¡listo! No habrá compañía brujesca que no quiera contratarte.

—¿Sí? –preguntó Tadea con cara de incredulidad, sin querer poner en tela de juicio la sabiduría de su mascota, por todos conocida.

—¡Sí! ¡Sí! ¡Claro que sí! –graznó el cuervo lleno de alegría– Ponte a hacer enseguida tu equipaje, que nos vamos. ¡No hay tiempo que perder!

Preparar el equipaje para una bruja tan coqueta como Tadea no era tarea nada fácil. Por mucho que miraba y remiraba su armario lleno de modelitos, ninguno le parecía lo suficientemente horrendo para echarlo a la maleta. Por más que repasaba sus bolsos de diseño, no había uno que mereciera acompañarla en tan importante misión. Aunque examinó detenidamente todos sus sombreros y complementos, sólo encontró antiguallas pasadas de moda que le hubieran sentado bien a su tatarabuela hacía dos milenios, pero no a ella. Así que Tadea decidió pasar la mañana en el Norte Brujés, el híper brujesco donde se vendían todos los artículos que una bruja –o un brujo– pudiera soñar.

En cuanto Tadea entró en los almacenes, se topó con un cartel que anunciaba:

Moda joven en la quinta planta
Las mejores marcas al alcance de su bolsillo

Tadea no lo dudó un momento, se arremangó su túnica harapienta y se subió en las escaleras mecánicas. Tenebroso iba detrás, refunfuñando, como siempre.

—Menuda ideíta la tuya, la de venir de compras, con todo lo que tenemos que hacer.

—Deja ya de protestar, Tenebroso –Tadea, al dirigirse al cuervo, soltó su vestido, que se enganchó en uno de los escalones.

—¡Ay! ¡Socorro! ¡Socorro! –chillaba la brujita, tirando con todas sus fuerzas del traje.

—¡Que alguien nos ayude, por favor! –graznaba a voces Tenebroso. Inútilmente, claro, porque, como todo el mundo sabe, su lenguaje sólo podía ser entendido por su dueña.

Al oír los gritos de Tadea, un dependiente de los almacenes, demacrado, ojeroso y vestido de riguroso negro, acudió en su auxilio.

Tadea le quedó muy agradecida cuando, dándole a un botón, paró las escaleras mecánicas y la ayudó a desengancharse.

—Pues sí que empezamos bien –protestó Tenebroso-. Menuda mañanita nos espera.

Pero a Tadea el pequeño incidente no la había desanimado. ¡En absoluto! De nuevo en las escaleras –esta vez, eso sí, bien arremangada– se dirigió hacia la quinta planta decidida a equiparse para el viaje. Por el camino se cruzó con el brujo Venancio, que había ido a comprar tres sombreros exactamente iguales para las tres cabezas de su mascota.

—Es que es un dragón muy sensible, y si no tengo cuidado de que los sombreros sean idénticos, las tres cabezas discuten y se pelean entre ellas. Y, claro, el pobre dragón acaba con una jaqueca tremenda. ¡Y triple!

También se topó con la bruja Horacia. La hechicera andaba como loca buscando lenguas de lagartija en aceite para la tarta de cumpleaños de su amiga Roberta, que cumplía tres siglos y medio.

Cuando Tadea llegó a su destino, se aturulló tanto que no sabía por dónde empezar, si por los modelos exclusivos de Brujenlaga o por los originales de Brujitorio y Brujino; si dirigirse primero a la joyería, a la sección de complementos o a la perfumería. Después de dar muchas vueltas y de probarse vestidos de piel de mofeta y de escamas de iguana, decidió quedarse con un traje de tela de viuda negra. La verdad es que era ideal: con él se sentía la bruja más horrenda, espantosa y horripilante del mundo. Y, por si fuera poco, lo acompañó con un sombrerito muy mono de alas de mosca. Tadea se pasó también por la sección de cosmética para comprarse una crema que garantizaba que le saldrían verrugas, arrugas y manchas. ¡Y en sólo siete días!

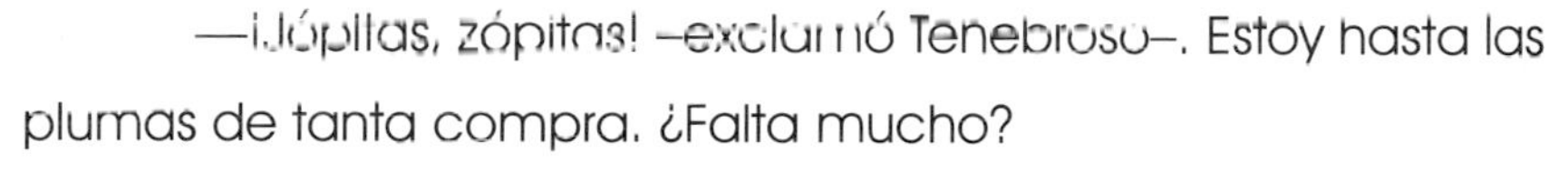

—¡Jópitas, zópitas! –exclamó Tenebroso–. Estoy hasta las plumas de tanta compra. ¿Falta mucho?

—No, no, ya nos vamos –lo tranquilizó Tadea.

Pero, cuando se disponían a salir de los almacenes, la brujita oyó por los altavoces un anuncio que llamó su atención:"En la segunda planta, dentro de breves instantes, la famosa escritora Estéfani Reyes firmará ejemplares de su libro *"Cómo ser una buena (quiero decir mala) bruja"*.

El corazón de Tadea empezó a latir con tanta fuerza que parecía un tantán. Allí, a pocos metros de ella, estaba la famosísima

Estéfani Reyes ¡en persona! Sin decir una palabra, Tadea dio media vuelta y se subió de nuevo en las escaleras mecánicas. Con la excitación olvidó arremangarse el traje y, una vez más, se quedó enganchada, una vez más se puso a dar gritos pidiendo socorro, una vez más refunfuñó Tenebroso y una vez más acudió en su auxilio el dependiente demacrado y ojeroso.

A pesar de los contratiempos, Tadea logró llegar a tiempo para buscar el final de la interminable cola, que daba dos veces la vuelta al edificio, y esperar durante más de tres horas que su adorada Estéfani Reyes le pusiera una dedicatoria en su libro: "Para Tadea, con el deseo de que se convierta en una bruja terrorífica. Con cariño, Estéfani".

—Tengo mucha hambre –se quejó Tenebroso–. Ya no puedo con mis alas.

—Ya, ya, yo también tengo hambre –apuntó Tadea.

Y los dos se sentaron en un restaurante italiano, donde dieron buena cuenta de una pizza cuatro estaciones grande como una rueda de bicicleta, con gusanos en pepitoria, hormigas crujientes y rabos de ratón ahumados. Y, para beber, agua de neblina de pantano infecto. Tadea y Tenebroso se pusieron morados y, con las barrigas llenas,

se subieron a la escoba. Tadea, que acababa de sacarse el carné de conducir y no era muy buena al volante, le dio un tremendo susto a cuatro angelitos que estaban tocando la lira, le hizo un agujero a la luna llena y casi atropella a una astronauta que flotaba cabeza abajo en el espacio sideral.

Aunque la bruja llegó a casa rendida de cansancio, sentía tanta ilusión por la aventura que estaban a punto de emprender, que se puso enseguida a preparar la maleta. Era un viejo baúl que, generación tras generación, había acompañado a la familia en sus viajes a lo largo y ancho del mundo brujesco. Lo había llevado consigo, por ejemplo, su tatarabuela Elisenda cuando se desplazó hasta la casa de los enanitos para ofrecerle la manzana a la remilgada de Blancanieves. Y la bruja Ricarda, el día que se trasladó a vivir a la casita de chocolate con su prima Robustiana. Y acabó remojado en el fondo del mar con la bruja Venancia, empeñada en quitarle la voz a la sirenita. Pero estas son otras historias... El caso es que Tadea abrió su baúl y lo llenó hasta arriba de trapos y ungüentos. ¡Ah!, y no se olvidó de meter su ordenador portátil con conexión móvil a Internet ni su libro electrónico.

Y, tras ensuciarse los dientes minuciosamente, se metió en la cama. Como todas las noches, Tenebroso acudió a cantarle una de sus canciones. Y, como todas las noches, escuchando sus gallos y desafinaciones, Tadea se quedó profundamente dormida.

"Ser mascota de Tadea
–una brujita novata
que mete mucho la pata–
es una dura tarea.

Hizo un hechizo inaudito:
a un monarca tieso y guapo,
en vez de volverlo sapo,
lo convirtió en huevo frito.

Mientras le sacaba brillo
una tarde a su varita,
vino un señor de visita
y lo transformó en ladrillo.

A un pretendiente pesado
quiso mandarlo a Siberia.
Aunque conjuró muy seria,
lo mandó al pueblo de al lado.

Y por teletransportar
a su amigo del colegio
con un raro sortilegio,
lo convirtió en calamar.

Con ella no tengo calma.
Vivo pendiente de un hilo
con el corazón en vilo,
¡pero es mi amiga del alma!"

Roncando más que un oso, Tadea comenzó a soñar. Y en sus sueños vio cómo Tristancho, pálido como una vela, se acercaba a ella. En sueños sintió que el corazón se le aceleraba a ciento treinta pulsaciones por minuto y le subía la presión arterial. También en sueños, Tadea presenció cómo Tristancho era atacado por un hada rosa que se empeñaba en transformarlo en un príncipe azul con cara de caramelo de fresa y ojos de cordero.

"Que este brujo paliducho
se transforme en una instante
en un príncipe elegante
que a las damas guste mucho."

Decía el hada desconsiderada en el sueño. Y Tristancho, en menos que canta un gallo, se vio transformado en un príncipe vestido de terciopelo, con una sonrisa tan brillante que parecía un anuncio de dentífrico. El apuesto infante miraba a un lado y al otro, con cara de no haber roto nunca un plato, soltaba una cantinela con voz meliflua al tiempo que tocaba la mandolina. "Busco princesa preciosa que se convierta en mi esposa", cantaba.

Ante semejante despropósito –en sueños siempre, claro– Tadea acudió a su rescate, empuñando su varita de madera de árbol quemado por un trueno. Sin perder un segundo, pronunció sus palabras mágicas –sacadas, por cierto, de la Enciclopedia de las artes brujescas.

"Que este chico pavisoso,
a la de una, dos y tres,
vuelva a ser brujo horroroso
del derecho y del revés."

Afortunadamente, Tristancho volvió a ser Tristancho. Pero, claro, el hada rosa no se quedó conforme y, con un meneo de varita, lo transformó de nuevo en príncipe. Tadea hizo lo propio convirtiéndolo otra vez en brujo. El pobre Tristancho estuvo transmutándose de príncipe en brujo y de brujo en príncipe durante más de una hora. Hasta que, harto de tanto cambio, dio un grito que se oyó en los confines del mundo:

—¡Ya está bien! –vociferó el desgraciado. Con tanta suerte para Tadea que el estallido de desesperación lo pilló mudado en brujo.

Ni que decir tiene que el hada salió volando y no paró hasta la Patagonia, donde dicen que se dedica a encantar pingüinos. Pero esto sólo sucedió en sueños, claro. En el sueño de Tadea que, metida en su ataúd con sábanas moradas, dormía plácidamente al lado de su cuervo Tenebroso, mientras, con una sonrisa de oreja a oreja, repetía una y otra vez el nombre del objeto de sus pensamientos: Tristancho.

Capítulo 3

Tenebroso, temblando más que un flan de gelatina, se puso su casco, se encomendó a todos los brujos y brujas de la historia, y se subió de paquete en la escoba ultrasónica de Tadea.

—No te preocupes, avechucho. Ya verás como tenemos un viaje tranquilo. Por cierto, ¿adónde nos dirigimos? –preguntó Tadea.

—Al Bosque de las Encinas Negras –le explicó Tenebroso.

—Bos-que-de-las-en-ci-nas-ne-gras –silabeó Tadea mientras introducía la dirección en su navegador de a bordo–. ¡Ya está!

–A cuatrocientos cincuenta metros gire a la derecha –comenzó a indicar una voz chillona e insistente.

Tadea intentó seguir sus instrucciones, pero ya sea debido a los problemas de lateralidad que la acompañaban desde la infancia (nunca fue capaz de distinguir bien la derecha de la izquierda) o quizá por la cháchara incontenible de Tenebroso que no la dejaba oír, el caso es que dos horas y media después estaban dando vueltas alrededor de una nube de tormenta y sin saber qué hacer.

—Estos cachivaches modernos no sirven para nada –protestó el cuervo.

—Sí, sobre todo cuando hay cuervos charlatanes dando la tabarra cerca.

—Entonces la culpa ha sido mía, ¿no? –se indignó Tenebroso– ¡Esto es increíble! ¿No serás tú la que no sabes pilotar escobas? Que parece que el carné te tocó en una tómbola.

—¿Insinúas que soy mala conductora, cuervo mamarracho?

—No lo insinúo, lo afirmo, bruja incompetente.

—Pajarraco cascarrabias.

—Hechicera de tercera.

—Avechucho desgraciado.

—Bruja inepta.

—¡Ya está bien! –esta vez quien gritó fue un extraterrestre enfadado, que había aparcado su nave espacial detrás una nube, muy cerca del lugar donde Tadea y Tenebroso mantenían su acalorada discusión.

—¿Es que en este planeta no puede uno ni dormir la siesta en paz? –el alienígena los miraba malhumorado con su único ojo–. ¿Se puede saber qué os pasa, terrícolas ruidosos?

—Verá, señor marciano... –empezó a explicar Tenebroso.

—Marciano no, saturniano –corrigió el marciano, digo el saturniano, un poco picado.

—Es que –continuó Tadea– estamos buscando el Bosque de las Encinas Negras y no damos con él.

—¿El Bosque de las Encinas Negras? Haber empezado por ahí. ¡Pero si está a un tiro de piedra! Sólo tenéis que dirigir vuestra escoba hasta la estrella de la tarde. Después, pasado el tercer cúmulo, torcéis a la derecha. Veintitrés

cirros más adelante giráis a la izquierda. A continuación, seguís todo recto hasta toparos con la cola del cometa Orión y... –el extraterrestre, que por cierto se llamaba PX42, interrumpió sus explicaciones al observar la cara de Tadea, que parecía más perdida que un pulpo en un garaje–. ¡Seguidme!

PX42 puso en marcha su platillo volante, y Tadea y Tenebroso hicieron lo imposible por permanecer detrás de él. Aunque en cuatro ocasiones se despistaron y en cuatro ocasiones tuvo que volver PX42 en su busca, el caso es que consiguieron llegar a su destino.

—Muchas gracias, PX42 –gritaron Tadea y Tenebroso al marciano, digo saturniano, que ya se empezaba a alejar.

—De nada, a mandar –respondió PX42 desde la nave.

Tras tantísimos avatares, la bruja y su mascota se encontraban por fin bajo una encina negra del bosque del mismo nombre. Aquel paraje era un auténtico paraíso: los árboles deshojados alzaban hacia el cielo sus ramas negras y retorcidas, la niebla lo cubría todo de un espeso y claustrofóbico velo, el siniestro revoloteo de algún ave nocturna rompía de vez en cuando el silencio, las serpientes negras reptaban entre sus pies... Todo en el lugar era idílico. ¿Todo? ¡No! Unas voces estridentes y chillonas llegaron hasta los oídos de nuestros protagonistas.

"La naturaleza es mía.
¡También tuya! Es necesario
cuidarla con alegría,
con cariño y a diario."

Siguiendo la estela de las voces, Tadea y Tenebroso llegaron hasta un claro lleno de tiendas de campaña que formaban un círculo. En el centro, y alrededor de una lumbre, cientos de niños y niñas, sentados sobre la tierra mojada, cantaban la cancioncita de marras.

—¡¿Niños?! –exclamó Tadea contrariada–. Cientos de niños y niñas juntos. Según la *"Enciclopedia de las Artes Brujescas"*, no hay nada que a una bruja produzca más aversión, prevención y repulsión que los tiernos infantes. Pero el caso es que a mí...

Tenebroso no la dejó continuar:

—Por eso estamos aquí. Qué mejor dato en el currículo de una bruja que haber fastidiado a un montón de chiquillos mocosos y antojadizos de acampada. Y para jorobar a los campistas, lo mejor es un buen chaparrón, ¿no te parece?

—¿Un buen chaparrón? –preguntó Tadea.

—Si, claro, una enorme tromba de agua que los deje calados hasta los huesos.

—¡Vaya! Pues sí que engrosaría mi currículo esa hazaña, sí.

Tadea sacó de su bolso su libro electrónico, buscó la *"Enciclopedia de las Artes Brujescas"* y en un pispás dio con el sortilegio apropiado. Tras cerrar los ojos, concentrarse y mandar a callar a su cuervo parlanchín, la brujita pronunció las palabras mágicas vocalizando mucho, no fuese a haber algún malentendido.

"Que en menos que canta un gallo
se desate una tormenta.
Que traiga algún que otro rayo
y más lluvia de la cuenta."

Pero mientras el conjuro hacía su efecto y Tenebroso lo grababa todo con su cámara de vídeo, un suceso inesperado estaba teniendo lugar en el campamento infantil. Los niños y niñas se habían ido ya a dormir sin apagar bien la hoguera. Tamaño descuido había originado un incendio que comenzaba a extenderse por todo el campamento. Ya estaba a punto de alcanzar las tiendas de campaña, cuando, inesperada y oportunamente, un gigantesco aguacero se desató sobre el Bosque de las Encinas Negras, apagando las llamas y evitando una de las desgracias mayores de los últimos tiempos. Al oír la tromba, los monitores salieron de sus tiendas, vieron los matorrales calcinados y comprendieron lo que había estado a punto de suceder. Mirando al cielo, sonrieron y dieron las gracias por una lluvia tan oportuna.

Ni que decir tiene que al día siguiente todos los periódicos se hicieron eco del milagroso acontecimiento.

NOTICIAS

Milagro en el Bosque de las Encinas Negras

Ayer, en el Bosque de la Encinas Negras, una tragedia de grandes dimensiones estuvo a punto de acontecer. Un grupo de niños excursionistas y sus monitores se habían retirado ya a dormir a sus tiendas de campaña sin apagar bien el fuego de campamento. El fuerte viento reinante en la zona originó un incendio. En pocos minutos, las llamas se extendieron por el lugar y hubieran devorado las tiendas de no haber sobrevenido el prodigio: una abundante precipitación, no anunciada por los meteorólogos, se desencadenó en la zona apagando el fuego en instantes y salvando a los excursionistas de un dramático final.

Tenebroso y Tadea habían huido del lugar y, a esas horas, se encontraban sentados sobre una roca a kilómetros de allí.

—Me da a mí que este hechizo no le va a venir muy bien a mi currículo –comentó Tadea algo confusa.

—No, yo diría que no –confirmó Tenebroso–. Pero bueno, no hay que desanimarse. Todavía nos quedan muchas malas acciones que hacer –y para quitar hierro al asunto, se puso a cantar:

»Cuando despega Tadea
tiembla hasta la Osa Mayor
y quien la ve se marea.
¡No hay conductora peor!

Le hizo un boquete a un planeta
cruzando el cielo nocturno.
Dejó sin cola a un cometa
y sin anillo a Saturno.

A un piloto despistado
dio un susto de tal tamaño,
cuando pasó por su lado,
que estuvo de baja un año.

A un seráfico querube
que tocaba el contrabajo
apoyado en una nube,
lo puso cabeza abajo.

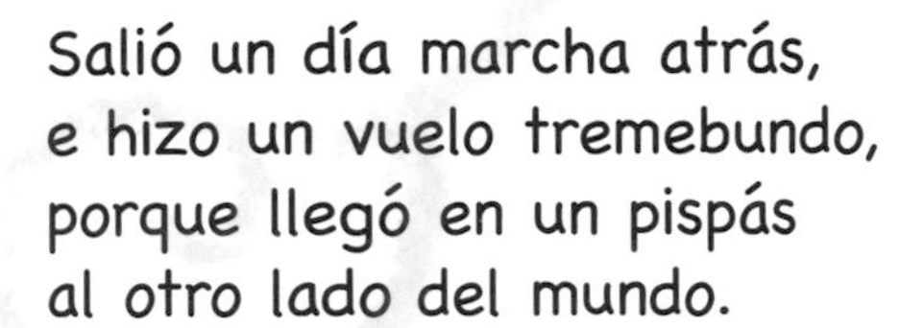

Salió un día marcha atrás,
e hizo un vuelo tremebundo,
porque llegó en un pispás
al otro lado del mundo.

Si Tadea vuela, es cierto,
sea al Este o al Oeste,
el cielo deja desierto,
¡no queda un cuerpo celeste!"

—Muy graciosillo –rezongó la brujita intentando fingir enfado. Pero en realidad la canción de Tadeo le había arrancado una sonrisa.

Más animada, Tadea cargó su maleta en la escoba y se dispuso a salir otra vez de viaje.

Tenebroso, en esta ocasión, además de ponerse el casco, se tomó una pastilla para el mareo por si las moscas.

Capítulo 4

Tras llevarse por delante dos vallas publicitarias y volar haciendo el pino durante un buen rato, Tadea y Tenebroso llegaron felizmente a su destino: la casa del terror más famosa del país.

¡Qué ganas tengo de darle un achuchón al fantasma Silverio! –exclamó Tadea–. Hace por lo menos siglo y medio que no nos vemos.

—¿Y al vampiro Vladimiro? La última vez que coincidimos con él fue en el cumplemilenios de la momia Hipatita.

—Es verdad –recordó Tadea con una sonrisa–. Hay que ver lo requetebién que lo pasamos.

—Sí, sí, muy bien, pero venga, llama ya, que no tenemos todo el tiempo del mundo –gruñó Tenebroso volviendo a su ser.

Tadea se acercó a la puerta de nogal y, al apretar el pulsador del timbre, un aullido espeluznante avisó a los habitantes de la mansión de que tenían visitantes. No tardó mucho en abrir un monstruo verde y viscoso, con tres cabezas peludas, tres narices rojas y moqueantes, y tres bocas que no dejaban de estornudar. Cuando terminaba la primera, empezaba la segunda. Después de la segunda, estornudaba la tercera. Y, tras la tercera, la primera de nuevo y ¡vuelta a empezar! "Achís, achís, achís..." era lo más que acertaba a decir el desgraciado.

—¡Vaya! Ruper, ya veo que sigues con tu alergia. Eso de estornudar y moquear por tres lados debe de ser una auténtica lata, ¿no?

—Sss... ¡achís! –intentó contestar el pobre Rúper, pero sólo consiguió estornudar de nuevo. Con la mano indicó a Tadea y Tenebroso que pasaran al interior.

La casa era oscura, húmeda, lúgubre, polvorienta... En fin, una auténtica monada. Tadea miraba a su alrededor encantada:

—Una como esta me voy a comprar yo. Cuando tenga un trabajo, claro.

—Sí... pues como sigamos así te vas a jubilar sin haberlo encontrado –despotricó el cuervo.

—¡Ay!, hijo, qué negativo eres: todo lo ves negro. Desde luego, no se equivocan los que dicen que eres un pájaro de mal agüero.

Tadea estaba curioseando a su alrededor: la calavera-pisapapeles, el modelo de sofá con forma de féretro que era el último grito, las cascadas de telarañas colgantes... ¡Qué buen gusto tenían sus amigos! Y en esto estaba pensando cuando entró en el salón Segismundo II, descabezado y llevando debajo del brazo su sesera con corona.

—Queridos amigos, ¡qué alegría veros! –exclamó el rey desde su cabeza separada del tronco.

Tadea, sin extrañeza ninguna, se acercó a Su Majestad y, agachándose a la altura de la real mollera, dio un beso a Segismundo en la mejilla.

No tardaron en aparecer el vampiro Vladimiro, empeñado en invitarlos a un vaso de sangre fresquita; la momia Hipatita, que había dejado su sarcófago solamente para salir a saludarlos; Frankenstein, que andaba como loco apretándose un tornillo que se le había aflojado; el hombre lobo Casildo aullando sin parar como hacía todos los plenilunios... Todos ellos eran viejos amigos de Tadea y Tenebroso, y estaban encantados con su visita.

—Esto hay que celebrarlo. ¡Auuuuuuuú! –opinó Casildo y se dirigió al aparato de música de la estantería, metió un CD y pulsó el play. El número uno de los cuarenta principales de la Cadena Monstrua comenzó a sonar. Era un rock de aullidos, quejidos y lamentos que invitaba a bailar. A pesar de su mal humor, Tenebroso comenzó a revolotear por el salón moviendo las alas al compás. Al cuervo lo siguió Tadea, y a esta, Hipatita. Pronto todos los habitantes de la mansión estaban moviendo sus esqueletos al ritmo de la espectral canción.

De pronto, Tenebroso recuperó la sensatez y con ella su mal humor, apagó el aparato infernal y dio un graznido de padre y muy señor mío.

—¡Se acabó!

Todos se quedaron paralizados. Bueno, todos no, el cuerpo de Segismundo seguía bailando desmadrado –eso es lo que les

suele ocurrir a los que pierden la cabeza– hasta que la testa real acudió a su regazo a poner un poco de orden.

—Estamos aquí para realizar una misión importante, una brujería de las que hacen época, una maldad digna de encabezar todos los noticieros del país –explicó el cuervo.

"¡Oh!", "¡ah!", "¡uh!", "¡auuuuú!", "¡achís!", estas eran las exclamaciones de asombro que se oían por doquier.

—¿Y nosotros qué tenemos que ver? –preguntó Hipatita. La momia no estaba acostumbrada a menear tanto sus milenarios huesos y estaba deseando volver a su sarcófago.

—Ver no tenéis que ver nada, pero asustar sí, y mucho. En cuanto caiga la noche, pasearéis por la ciudad para aterrorizar a todos los seres humanos que encontréis a vuestro paso.

—Espantar a la gente es lo que mejor hacemos –intervino el vampiro Vladimiro–, pero todo el mundo sabe que los monstruos de las casas del terror están condenados a permanecer eternamente en ellas.

—Es verdad –lo apoyó el fantasma–. Ninguno ha abandonado jamás la mansión. El dragón Edelmiro lo intentó y desapareció, se transformó en humo en cuanto atravesó el umbral.

—Eso es porque no había ninguna bruja experta cerca. Pero esta vez es diferente, en esta ocasión tenéis la suerte de contar con la mágica intervención de la hechicera más sabia de la Academia de

Brujería –Tadea miraba a todas partes buscando a la bruja en cuestión, hasta que, por la mirada fulminante que le lanzó Tenebroso, se dio cuenta de que la bruja experta de la que hablaba era ella.

—Cicierto –tartamudeó Tadea–. Con uno de mis infalibles hechizos, lograré que, en menos que ulula una lechuza, os encontréis vagando por las calles de la villa poniendo los pelos de punta a todo bicho viviente que se cruce en vuestro camino.

Salir fuera. Abandonar la casa. Amedrentar a la gente. ¡Eso era genial! Ni que decir tiene que todos los monstruos se mostraron encantados de participar en el perverso plan de Tenebroso. Bueno, Hipatita, la verdad, se sentía bastante cansada y el reúma estaba empezando a darle la lata, pero también accedió a colaborar.

Tadea, a la que la maquinación de Tenebroso pilló un poco desprevenida porque pensaba que sólo iban de visita, tuvo que sacar de su bolso su libro electrónico y buscar desesperadamente un conjuro apropiado para la ocasión. Después de mucho pulsar el botón, dio con él y, tras pedir silencio y concentración (algo imposible de conseguir porque Rúper no dejaba de estornudar), pronunció sus palabras mágicas.

"Que estos monstruos salgan ya
porque lo dice Tadea.
Que anden de aquí para allá
y mucha gente los vea."

En un pispás todos los allí presentes, bruja y mascota incluidos, se encontraron en el centro de la metrópoli, dispuestos a asustar, espantar, horripilar y horrorizar al prójimo. Así que un vampiro, un hombre lobo, una momia, un dragón de tres cabezas, una bruja y un cuervo empezaron a pasear por las calles, que, mira tú por dónde, estaban atestadas de vampiros, hombres lobo, momias, dragones de tres cabezas, brujas y cuervos que, lejos de asustarse, los saludaban al pasar con sonrisas amistosas. Por más que el fantasma intentaba aterrar a las viandantes levantando los brazos y aullando sin parar, lo más que conseguía era que le dieran palmaditas en la espalda y le dijeran que su disfraz era fantástico. Por más que Vladimiro enseñaba sus colmillos y movía su capa al viento, no lograba asustar a nadie, sino todo lo contrario: jamás había despertado tantas simpatías ni hecho tantos amigos en tan poco tiempo.

—¿Pero qué narices está pasando aquí? –preguntó airado Tenebroso.

—Muy sencillo, es Halloween –explicó la momia.

Tenebroso no podía creerlo, con todas las noches que había en el año, tenían que elegir precisamente aquella, la de Halloween, una noche en la que los monstruos estaban bien vistos y que te asustaran resultaba divertido.

Con su presencia, Tadea y sus amigos contribuyeron a que la fiesta de Halloween de ese año fuera la más exitosa de cuantas se recordaban en aquella ciudad e hicieron felices a muchos, pequeños y grandes. Nada más lejos de su propósito, claro...

Tenebroso, en un intento desesperado de sacudirse el disgusto, se puso a cantar:

"Si entras en esta mansión,
puedes reírte un montón,
porque entre sus telarañas
pasan cosas muy extrañas.

Quiere bailar el vampiro,
pero cada vez que empieza,
Vladimiro, al dar un giro,
se trabuca y se tropieza.

Al fantasma, más que nada,
le gusta llevar chistera
y una sábana estampada
al llegar la primavera.

La momia ha traído un gato,
un minino ceniciento
que maúlla todo el rato,
¡no se calla ni un momento!

Frankenstein no está conforme:
nunca puede andar derecho,
pues se pega –al ser enorme–
coscorrones con el techo.

El Hombre Lobo es peludo.
Su pelambrera abundante
hace que, muy a menudo,
pase un calor asfixiante.

Si entras en esta mansión,
puedes reírte un montón,
porque entre sus telarañas
pasan cosas muy extrañas."

Capítulo 5

Carolina era un hada vestida de rosa, con gorro de cucurucho, cara de caramelo de fresa y varita dorada con estrella en la punta. Tenía la voz melosa y una eterna sonrisa en los labios. Nunca se enfadaba y hacía el bien a diestro y siniestro. Era, a juicio de Tenebroso, que la sufría desde hacía siglos, el ser más merengoso, cursi e insoportable del mundo. Y es que para el pajarraco, Carolina se había convertido en una auténtica pesadilla. Desde que se tropezaron por primera vez cuando el cuervo acababa de abandonar el nido, y el hada, al verlo tan feúcho y oscuro, se empeñó en convertirlo en ruiseñor, no había dejado de perseguirlo empuñando su varita para hacer de él un pájaro de provecho. No en vano había intentado convertirlo sucesivamente en canario flauta, en mariposa violeta, en colibrí picaflor...; pero, afortunadamente, Tenebroso siempre había logrado escapar al poder de su varita y seguía siendo lo que era: un cuervo pluminegro y algo desmochado que refunfuñaba a menudo y graznaba canciones desafinando más que un serrucho.

Y como todos tenemos nuestra tarea en la vida, la de Carolina era, sin duda, regenerar a aquel avechucho descarriado. Y para eso, en cuanto llegó a sus oídos la noticia (en el país de las hadas y las brujas todo termina por saberse) de que Tadea y Tenebroso salían por el mundo de misión, decidió seguirlos. Metió en la maleta sus túnicas color pastel, el cepillo de cerdas naturales para peinar su melena rubia, su perfume de rosas y sus zapatos plateados que brillaban con el sol, y salió de su rosada casa acompañada por su mascota Pelusa. Pelusa era una gata de angora, blanca, mimosa y ronroneante, que parecía un peluche. ¡Ah! y siempre llevaba guantes (rosa, claro).

Cuando Carolina y Pelusa llegaron al encinar, se escondieron en una casa en ruinas y observaron a Tadea y Tenebroso que se lamentaban lastimosamente:

—Pues sí que nos ha salido bien la jugada. Mira que ocurrírsenos soltar a los monstruos precisamente la noche del treinta y uno de octubre –se quejaba Tadea.

—Es que estamos gafados –Tenebroso se encontraba alicaído (nunca mejor dicho) y había perdido hasta el brillo de las plumas.

—El caso es que nuestros amigos se lo han pasado pipa.

—¡No había manera de hacerles volver a casa! –apoyó el cuervo.

—Y que lo digas. Me ha hecho falta pronunciar tres conjuros para lograr meterlos en la mansión.

—Pero eso no ha sido culpa de ellos. Es que tú no dabas una. Primero los mandaste al Polo, y los pobres volvieron con carámbanos colgándoles de la nariz. Después los llevaste de cabeza al desierto, y al hombre lobo estuvo a punto de darle un patatús. Y, por si esto fuera poco, al tercer intento los enviaste a la sabana africana y un elefante casi le arrea un trompazo al fantasma. En fin, que la momia terminó diciendo que como en casita no se estaba en ningún lado. Y allí se han quedado todos, más contentos que unas pascuas.

—Sí, sí, y la gente de la ciudad también estaba contenta, con tanto monstruo por aquí y por allá en la noche de Halloween –apuntó Tadea sonriente.

Tenebroso, al oírla, montó en cólera.

—Pero bueno, ¿qué clase de bruja estás tú hecha que te alegras de la felicidad ajena? ¿Es que has perdido el norte? ¿Acaso no sabes que la tarea de cualquier bruja es chinchar, incordiar y molestar?

– ¡Ay! sí, hijo, perdona. Ha sido un lapsus. Cualquiera puede equivocarse, ¿no?

Mientras tanto, Carolina y Pelusa observaban la discusión ocultas tras un muro. Junto a la minina pasó un ratón de campo, pero esta lo miró con indiferencia y cierta repugnancia. Ella estaba acostumbrada a alimentos más exquisitos: salmón ahumado, caviar de Beluga, sushi fresco... No en vano había vivido en el palacio del sultán de Constantinopla, su antiguo dueño. El sultán, agradecido a Carolina porque lo había ayudado a vencer en una batalla convirtiendo a los enemigos en setas, se la había regalado al hada hacía ya unos años. Pero la gata era una sibarita incorregible y, en lugar de acostumbrarse a comer sardinas y ratones, como todos los gatos del mundo, seguía conservando sus gustos refinados.

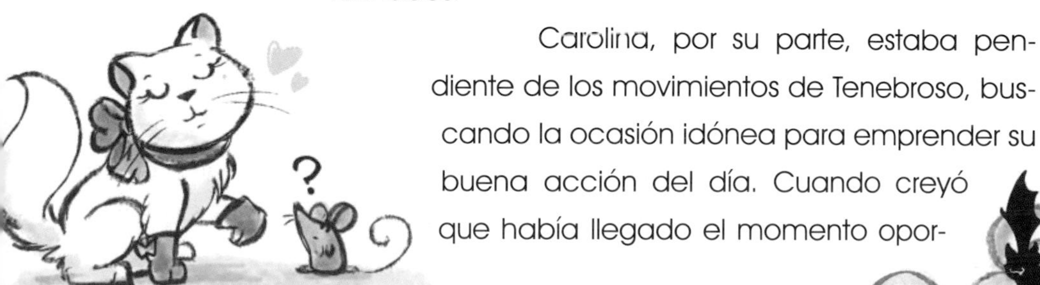

Carolina, por su parte, estaba pendiente de los movimientos de Tenebroso, buscando la ocasión idónea para emprender su buena acción del día. Cuando creyó que había llegado el momento oportuno, Carolina sacó su varita, apuntó a su objetivo y con voz almibarada pronunció las palabras mágicas:

"Que el sortilegio eficaz
convierta a este cuervo esquivo
en paloma de la paz
con su ramita de olivo."

De buenas a primeras, Tenebroso quedó transformado (por fuera) en una paloma de la paz blanca y luminosa, pero por dentro seguía siendo el ave malencarada de siempre:

—¡Otra vez! ¡Otra vez esa hada latosa! ¡¿Pero cuándo podré librarme por fin de ella?! ¡¿Es que no hay lugar en el mundo en el que uno se sienta a salvo de hadas bienintencionadas dispuestas a hacer buenas acciones a toda costa?! –gritaba la paloma, bueno, el cuervo–. Puaj, y encima esta ramita de olivo sabe a rayos.

—No te preocupes, Tenebroso, que esto lo arreglo yo en un momento.

Tadea cogió su varita de ébano y, dándole unos toquecitos en la cabeza a la paloma, digo al cuervo, tartamudeó su hechizo:

"Que este hechizo, que no es broma,
transforme en este momento
en un cuervo a la paloma,
por arte de encantamiento."

Sin tener tiempo de decir ni mu, Tenebroso recuperó su apariencia y lanzó un graznido de alegría. Pero no tuvo mucho tiempo para celebraciones, porque Carolina no estaba dispuesta a dar su brazo a torcer y desde los arbustos pronunció de nuevo sus palabras mágicas:

"Que el sortilegio eficaz
convierta a este cuervo esquivo
en paloma de la paz
con su ramita de olivo."

Con la consiguiente transformación del cuervo en paloma. A lo que siguió la formulación una vez más del hechizo de Tadea:

"Que este hechizo, que no es broma,
transforme en este momento
en un cuervo a la paloma,
por arte de encantamiento."

Y la nueva metamorfosis de la paloma en cuervo.

Así estuvieron durante más de una hora, convirtiendo al cuervo en paloma y a la paloma en cuervo, hasta que...

—¡Parad ya! –gritó Tenebroso con forma de cuervo– Ya no aguanto ni un cambio más. Vamos, Tadea, subámonos a la escoba y salgamos huyendo de aquí antes de que el encantamiento de esa hada chiflada vuelva a alcanzarme.

Tadea estaba algo confusa. Esta serie de hechizos y contrahechizos encadenados le sonaba de algo, pero... ¿de qué? Intentando recordar, hizo un despegue que ni el Concorde. Tras volar un buen rato en zigzag, con tirabuzones y marcha atrás, lograron despistar a Carolina. Tenebroso sabía que no tardaría mucho en volver a dar señales de vida, porque aquella hada rosa se había convertido en su peor pesadilla; pero entre que aparecía o no, ellos debían volver a ocuparse de lo suyo, lo que en ese momento más les interesaba: hacer alguna maldad con la que mejorar el currículo de Tadea y que así dejara pronto de engrosar las listas del paro brujesco.

Tadea y Tenebroso no tenían aún pensada su próxima vileza, pero, aunque sin rumbo fijo, debían seguir volando para alejarse lo más posible del hada Carolina. De todos modos, cuando Tadea emprendía un viaje, jamás llegaba a su lugar de destino a la primera. A pesar del GPS, de los graznidos de protesta de Tenebroso y de llevar una escoba último modelo, Tadea siempre acababa perdiéndose y dando miles de vueltas. Sabemos que la brujita no era la mejor conductora del mundo, pero también es cierto que conducir una escoba no es tarea nada fácil, porque en el cielo no hay código de circulación y el tráfico en horas punta es un verdadero caos. Entre pájaros, astronautas, helicópteros, serafines, brujas y marcianos, el atasco está garantizado.

Capítulo 6

Tras unas cuantas horas de vuelo descontrolado, Tadea y Tenebroso aterrizaron en la azotea del rascacielos más alto de una gran ciudad.

—Hummm, ¡qué bien huele! ¡Cuánto ruido! ¡Menuda contaminación! ¡Esto es el paraíso! ¡Con lo que nos gusta a las brujas la polución!

—Sí. Es verdad. El aire limpio de los bosques ya me estaba empezando a provocar alergia.

—Mira, mira ahí abajo. Nunca había visto tantos coches juntos...

Efectivamente, circulando por las calles, formando interminables gusanos multicolores, los había a cientos: blancos, negros, azules, amarillos, rojos... Grandes y pequeños. Utilitarios y de lujo. Deportivos y familiares. Coches para todos los gustos.

—Desde luego –reflexionó Tadea– los humanos no saben ir a ningún lado sin esas máquinas escupe-humos. ¡Con lo bien que se viaja en escoba!

—No me tires de la lengua, por favor –protestó Tenebroso–. Que para venir hemos atravesado dos carteles de neón, nos hemos llevado por delante siete antenas parabólicas y le hemos pinchado el globo aerostático a una pareja que celebraba su luna de miel.

—¡Ay! hijo, qué exagerado eres.

—¿Exagerado yo? Pregúntale al señor que estaba limpiando el cristal del piso ciento dos del rascacielos, a ver si a él le parece que son exageraciones.

—Bueno, bueno, tampoco ha sido para tanto. Total, sólo se me ha enganchado la punta de la escoba en su pantalón y le he paseado un rato por el espacio. Si yo creo que hasta se ha divertido y todo.

—¿Sí? Pues lo disimulaba muy bien, porque no dejaba de dar gritos pidiendo socorro.

—Anda, anda, deja de despotricar y vamos a lo nuestro, que todavía no he podido anotar ni una barrabasada para mi currículo.

—Tienes razón. Las turbulencias y el ajetreo del vuelo no me han dejado pensar, así que esta vez no tengo nada preparado.

—A mí, sin embargo, se me acaba de ocurrir una trastada que hará historia. Apareceré en el *"Libro de Honor de las Brujas"*. Me darán el Premio a la Bruja más Fastidiosa. Pondrán mi nombre en las academias de brujería. Me harán estatuas y las colocarán en las plazas. Las jóvenes brujas llenas de acné colocarán pósteres con mi foto en sus habitaciones y soñarán con parecerse a mí...

—¡Eh! Para, para. No te embales. Tranquilízate un poco y cuéntame tu plan con pelos y señales.

—Es muy fácil, Tenebroso. Verás... Lo seres humanos no pueden vivir sin esos cacharros de cuatro ruedas que los llevan a todos lados.

—Sin sus coches, quieres decir.

—Eso, sin sus coches. Y si las personas necesitan sus coches, los coches, a su vez, precisan de gasolina para circular. ¿Cierto?

—Cierto.

—Pues entonces la cosa está clara. Lo único que tenemos que hacer es dejarles

sin gasolina y, por tanto, sin sus medios de transporte, y el fastidio estará garantizado. Te aseguro que en tu vida habrás visto a tantas personas enfadadas.

—¡Vaya! No está mal. No está nada mal. Es una jugarreta muy ingeniosa. Sí, señor. Pero que muy ingeniosa.

Tadea se estaba inflando como una gallina clueca. Sabía que su cuervo no era muy dado a repartir halagos, así que aquellas palabras de reconocimiento le hicieron sentirse la mejor de las brujas. Y animada como estaba, siguió hablando:

—Atento, Tenebroso. Voy a pronunciar un sortilegio eficaz que va a dejarlo boquiabierto, pasmado y patidifuso –y, sacando del bolso su varita de ébano, cerró los ojos con fuerza, se concentró y formuló su hechizo:

"Que con mi magia de antaño
transforme la gasolina
en líquido muy extraño.
¡Soy una bruja divina!"

Una vez puesto en marcha el sortilegio, sólo había que esperar a que hiciera efecto. Conforme los coches fueran agotando su combustible y acudieran a las gasolineras a llenar sus depósitos, el trastorno estaría garantizado.

Mientras esto pasaba, a Taeda se le ocurrió ir a visitar a su amiga Brunilda, que vivía en el piso noventa y tres de un edificio del centro.

Tenebroso recordaba a Brunilda de las últimas vacaciones que pasaron con ella en el Bosque de los Helechos. Era la bruja más divertida que había conocido nunca. Cada día llevaba el pelo de un color de diferente, a cuál más chillón: lo mismo aparecía con una melena verde pistacho, que los sorprendía con el pelo tieso teñido de rosa fucsia. Igual lucía una escarolada peluca morada, que se presentaba con la cabeza llena de rastas rojas. ¿Y qué decir de sus modelos? Las túnicas negras tradicionales le parecían de lo más aburridas, así que Brunilda llevaba camisetas ceñidas con calaveras, sombreros estrambóticos, botas de cuero hasta la rodilla...

Brunilda los recibió encantada en su apartamento decorado con escenas de películas de Tim Burton y los invitó a tomar una infusión de hojas del diablo traídas especialmente para ella desde Transilvania. Después los invitó a pasar unos días en su castillito de las afueras. Allí lo pasaron de maravilla dándose baños en el Mar de las Algas Negras, cogiendo babosas para prepararlas al pilpil, recordando con nostalgia los momentos horripilantes que habían pasado juntos en el Bosque de los Helechos, ensayando brujerías y viendo películas de terror. Tan a gusto estaban que el tiempo se les pasó en un vuelo.

—Siento ser un aguafiestas –se disculpó Tenebroso, al que se le notaba que Brunilda le gustaba, pues no acostumbraba a ser tan amable–, pero Tadea y yo tenemos un asunto pendiente que debemos atender.

—Pero, Tenebroso, ¿no podemos quedarnos un poco más? –pidió Tadea en tono suplicante porque se lo estaba pasando en grande–. Sólo unos días, *porfi.*

—Eso, unos días –repitió Brunilda.

—¿Unos días? ¡Imposible! Esto no es un ningún juego, Tadea. Se trata de tu futuro –le riñó el cuervo.

—Bueno, bueno, está bien, no te enfades, que ya nos vamos –se resignó Tadea, intentando evitar que Tenebroso le montara una escena delante de su amiga.

Tras una emotiva despedida, llena de abrazos y achuchones, Tenebroso y Tadea se dirigieron en su escoba a la gran ciudad, convencidos de que la encontrarían sumida en el caos, como consecuencia del perverso hechizo. Pero en lugar de hallar lo que esperaban (cientos de personas contrariadas porque sus coches se habían averiado, montones de empresas cerradas porque sus empleados no habían podido acudir a sus puestos de trabajo, supermercados desabastecidos porque las empresas de transporte no habían podido hacerles llegar los productos...), la imagen que se descubrió ante sus ojos fue bien distinta. No sólo la urbe conservaba su ritmo de actividad habitual, con coches circulando de un lado a otro, sino que la polución había desaparecido totalmente: el fanal gris que normalmente la cubría había sido sustituido por una envoltura de aire fresco, limpio y transparente, completamente irrespirable para Tadea y su mascota.

—Cof, cof, cof –tosía la bruja–. ¿Pero qué rábanos ha pasado aquí?

—No tengo ni idea –se encogió de alas Tenebroso–. Espera que consulte las noticias, a ver si nos aclaran algo.

Tenebroso encendió su radio, estuvo un buen rato sintonizándola, hasta que logró dar con la TN (Todo Noticias), en la que una locutora eufórica celebraba no sé qué descubrimiento trascendental para el hombre.

"El hallazgo cambiará el futuro de la Tierra, frenará el cambio climático, evitará el calentamiento del planeta y el deshielo de los polos, la desertización y las hambrunas..."

—¿De qué habla esta señora? –preguntó Tadea intrigada.

—No tengo ni idea. Calla y escucha, y así nos enteraremos.

"El descubrimiento del nuevo combustible, efectivo como la gasolina, pero no contaminante, procedente de las gasolineras de nuestra ciudad, supondrá un hito, un cambio de ciento ochenta grados en la historia de la humanidad. Los mejores científicos dedicados a energías alternativas han acudido desde todas partes del mundo a analizarlo. Una vez estudiada su fórmula, los expertos consideran que será fácil de fabricar y que se convertirá en el sustituto limpio del petróleo."

—¿Te das cuenta, Tadea? Lo hemos vuelto a hacer. Ha vuelto a ocurrir.

—Sí –afirmó Tadea, intentando mostrarse enfadada, pero sin poder evitar que una pequeña sonrisa de satisfacción se le dibujara en los labios.

—Otra vez, queriendo incordiar, hemos hecho una buena acción. ¡Esto es inaudito!

—Inaudito –repitió Tadea.

—¡Esto es inconcebible!

—Inconcebible –repitió Tadea.

—Esto es algo insólito.

—Insólito –repitió Tadea.

Pero la bruja hablaba mecánicamente, porque su mente estaba concentrada en otros asuntos. En ese momento Tadea, que debía estar enfadada, indignada y hasta colérica, se sentía invadida por una especie de paz interior y eso le preocupaba mucho. Después de todo, lo peor que le podía pasar a una bruja era hacer felices a los que la rodeaban, ¿no? Entonces, ¿por qué ella se encontraba tan bien? En fin, lo mejor era no darle vueltas al asunto y seguir haciendo lo que desde pequeñita le habían dicho que tenía que hacer: fastidiar.

Tadea y Tenebroso, para consolarse de su estrepitoso fracaso brujesco, se dieron un buen atracón de escarabajos tostados y después se tendieron bajo un ciprés, acunados por el ulular del viento y el revoloteo incesante de los murciélagos. Tenebroso no era capaz de pegar un ojo, así que, para convocar el sueño, con el sabor de los escarabajos todavía en la boca, se puso a cantar:

«Prepara ricos menús
la brujita cocinera,
mas si los prueba cualquiera
puede darle un patatús.

Ayer sirvió de entremeses
cucarachas estofadas
y lombrices gratinadas,
cocinadas hace meses.

Puso una sopa perfecta,
digna de una enciclopedia,
pues coció más de hora y media
babosas en agua infecta.

La brujita con verrugas
hizo una cena exquisita,
que supo a gloria bendita:
rata rellena de orugas.

Y de segundo tenía
un murciélago indigesto,
putrefacto y descompuesto,
guisado al baño María.

El postre estaba de miedo:
tripas de pargo y jurel
aderezadas con miel.
¡Para chuparse los dedos!

Prepara ricos menús
la brujita cocinera,
mas si los prueba cualquiera
puede darle un patatús."

Capítulo 7

¿Quién habría sido el hada autora de una buena acción de tanta categoría?", se preguntaba una y otra vez Carolina muerta de envidia. Ya le hubiera gustado a ella, ya, ser capaz de crear un combustible no contaminante para sustituir al petróleo. Desde luego, la que lo había conseguido, fuese quien fuese, merecía la Gran Varita, el premio que se les daba a las hadas profesionales, a las que lograban con un hechizo hacer un gran bien a la humanidad.

—Mientras otras salvan el planeta, yo me tengo que dedicar a redimir cuervos –se lamentaba Carolina–. Y encima esta vez vengo sola, porque Pelusa se ha quedado participando en un concurso de mascotas. Si no fuera porque me lo ha mandado el Hada Mayor, anda que iba yo a estar aquí, persiguiendo día y noche a una bruja atolondrada y a un pajarraco quisquilloso. Pero bueno, esa es la misión que me ha encomendado y tengo que hacerla con alegría, no vaya a ser que se enfade y me mande al cuento de la Cenicienta a convertir calabazas en carrozas durante el resto de mi vida. En fin, a lo mío, voy a ensayar un rato, que se me va a oxidar la varita de no usarla. A ver...

Una vez superado este breve enfurruñamiento, tan impropio de ella, Carolina recuperó su carácter afable y complaciente y, con una sonrisa de oreja a oreja, empezó a mirar atentamente a su alrededor. De pronto reparó en un sapo que estaba tomando el sol plácidamente en una roca cercana. Carolina se convenció al instante de que aquel batracio era un príncipe alto y apuesto que había sido hechizado por una bruja perversa. Ni corta ni perezosa, sacó su varita dorada y requetebrillante, apuntó al animal viscoso y pronunció sus palabras mágicas:

"Que este repugnante sapo
se convierta en un instante
en un príncipe muy guapo
por detrás y por delante."

En un pispás, el animal verrugoso se transformó en el caballero más alto y apuesto que Carolina había visto nunca. Pero también en el más enfadado.

—¿Qué narices ha pasado? –preguntaba a voces el airado galán– ¿Quién ha sido? ¿Quién me ha convertido en príncipe?

Carolina, por supuesto, ante tan desmesurado berrinche, permanecía escondida tras un matorral y no se atrevía a asomar ni la nariz.

—Qué tostón: asistir a interminables y aburridas reuniones; no perder nunca la compostura (que no puede uno ni rascarse la nariz cuando le pica); ir a todas horas vestido de gala, con lo que aprietan los zapatos; hacer siempre lo que mande el protocolo, y, por si esto fuera poco, casarme con la princesa del reino vecino, una pesada insufrible que charla hasta por los codos. ¡No y mil veces no! Yo quiero ser un sapo: lanzarme de cabeza a la laguna cuando me venga en gana, tumbarme panza arriba sobre un roca a tomar el sol, moverme a mi antojo sin que nadie me diga lo que tengo que hacer, hartarme de cazar moscas y mosquitos...

Carolina estaba cada vez más agobiada. Pero el príncipe seguía con su perorata.

—... mancharme de barro sin que nadie me reprenda, cambiar de laguna cuando me venga en gana, croar bajo la luna, pasear sin levitas de terciopelo ni volantes incómodos, elegir a mi propia sapa, sonreír sólo si me apetece...

La lista de beneficios de ser sapo parecía que no iba a terminar nunca y Carolina estaba cada vez más nerviosa.

—... ser amigo de cualquier rana, aunque no pertenezca a la aristocracia, no tener que aguantar a cientos de princesas casaderas persiguiéndome por los pasillos, levantarme a las tantas, saltar de aquí para allá sin tener que informar a nadie de mi paradero, vivir sin escoltas pegados a mis talones...

—¡Ya está! –gritó Carolina, que veía que aquello no se iba a acabar nunca.

Cuando el príncipe vio al hada, se le arrugó el entrecejo, se le erizaron los pelos del bigote y empezaron a temblarle las aletas de la nariz:

—Y mi vida de sapo sería perfecta –continuó con la cara cada vez más roja– si no fuera porque de vez en cuando aparece alguna hada empeñada en rescatarme y lo estropea todo.

—No te preocupes, príncipe –lo interrumpió Carolina, temerosa de que le fuera a dar un soponcio de la rabieta–, que yo esto lo arreglo en un momentito. Estoy encantada de encantarte:

"Deprisa, que no despacio,
que este príncipe robusto
se convierta en un batracio
y viva la mar de a gusto."

En cuanto Carolina pronunció la última palabra, el príncipe volvió a transformarse en un sapo enorme y verrugoso.

—Croac, croac, croac –croó el animal. Esto en el lenguaje de los sapos quiere decir: "Muchas gracias, hada Carolina. Y la próxima vez, por favor, pregunta antes de encantar."

El hada rosa miró cómo el sapo se perdía dando saltos en la lejanía. Después continuó su expedición en busca del cuervo Tenebroso y la bruja Tadea. Los buscó en las cimas de las montañas, en las orillas de los ríos, en el interior de las cuevas, entre las dunas del desierto, en los icebergs de los glaciares... Hasta que por fin dio con ellos en mitad de un bosque de hayas, jugando al parchís:

—Te como una y cuento veinte –decía Tenebroso satisfecho.

Carolina lo miraba desde detrás de un haya centenaria y la verdad es que no tenía muchas ganas de convertirlo en libélula, ni en luciérnaga, ni en canario flauta, ni en ninguno de los animales voladores que le había sugerido el

Hada Jefa. En un arranque de creatividad, el hada rosa se atrevió a tomar una decisión por su cuenta y formuló un hechizo de su invención:

"Que ese cuervo que no mira
se convierta muy deprisa
en angelito con lira
de beatífica sonrisa."

Cuando Tadea se dio cuenta de que estaba jugando al parchís con un serafín de bucles dorados que cantaba con voz melosa, casi le da un patatús. Ni corta ni perezosa, enfadada como estaba, cogió su varita de ébano, la dirigió a la nariz del ángel y dijo sus palabras mágicas:

"Que este ángel remilgado
que canta y sonríe mucho
–lo tengo justo aquí al lado–
vuelva a ser cuervo feúcho."

Por supuesto, el querubín se transformó de nuevo en cuervo. Pero como el hada rosa no iba a darse por vencida, pronunció otra vez su sortilegio:

"Que ese cuervo que no mira
se convierta muy deprisa
en angelito con lira
de beatífica sonrisa."

Pero a la bruja Tadea no había quien la ganara a tozuda, así que volvió a coger su varita:

"Que este ángel remilgado
que canta y sonríe mucho
–lo tengo justo aquí al lado–
vuelva a ser cuervo feúcho."

Y así hubieran seguido, encanta que te encanta, hasta el fin de los días (y del pobre Tenebroso, eso seguro), si no hubiera sido porque a Carolina le dio un tremendo retortijón, consecuencia del atracón de pasteles de cabello de ángel que se había dado, y tuvo que huir al matorral más cercano. Por supuesto, Tadea y Tenebroso aprovecharon la circunstancia para salir huyendo.

Capítulo 8

El día amaneció despejado. El sol, como una enorme pelota de luz, brillaba en lo alto. Los pájaros cantaban y formaban tal algarabía que casi hacía daño a los oídos. Los caracoles paseaban plácidamente por encima de las hojas arrastrando sus conchas. Las lagartijas se tostaban sobre las paredes blancas. La gente sonreía sin saber por qué. Hasta a Tadea, que debía estar enfadada por lo mal (quiero decir, bien) que le salía todo, se le habría empezado a dibujar una tímida sonrisa de felicidad en los labios, si no llega a ser porque su cuervo Tenebroso estaba a su lado, como siempre, para refunfuñar y recordarle para qué estaban allí:

—¡Cáspitas, recáspitas y recontracáspitas! No hay manera de que una misión nos salga bien, quiero decir mal. Por más que nos empeñamos en añadir maldades a tu currículo, nos salen unas bondades tan enormes que parecen más propias de la Reina de las Hadas que de una bruja y su mascota. Como esto se sepa, vamos a convertirnos en el hazmerreír de Brujilandia. Y si nuestras "buenas acciones" llegan a oídos de la Bruja Jefa no vas a encontrar trabajo ni de repartidora en la fábrica de escobas.

—¡Ay, Tenebroso, cierra el pico de una vez, que me estás poniendo nerviosa! –le pidió Tadea, que a pesar de su preocupación quería disfrutar del sol.

—Y encima –continuaba el cuervo sin hacer ni caso a Tadea– amanece un día precioso, de esos que parecen dibujados por un niño y que a los seres maléficos nos gustan tan poco.

—Sí, es verdad, tienes razón –intentaba seguirle la corriente Tadea, sin poder evitar que los ojos le sonrieran.

De pronto, la marcha fúnebre de Chopin dejó a Tenebroso con la palabra, digo con el graznido, en el pico. Tadea sacó su móvil con forma de ataúd y se lo pegó a la oreja.

—¿Diga? –comenzó la brujita.

—¿Es la perrera municipal? –dijo una voz al otro lado.

—¿La perrera municipal? No, no, se ha confundido.

—¿Que no es la perrera municipal?

—No, no, le digo que se he equivocado.

—Vaya, pues lo siento.

Tadea colgó un poco enfurruñada. La verdad es que últimamente las confusiones telefónicas la ponían de mal humor. A Tenebroso, sin embargo, que había seguido atentamente el intercambio de frases, los ojos se le habían iluminado de pronto.

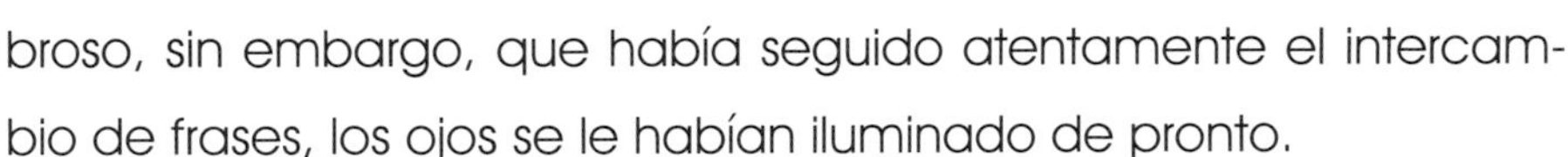

—¡Ya sé! –exclamó el cuervo.

—¿Que ya sabes qué? –preguntó la brujita, porque no tenía ni idea de qué estaba hablando, bueno graznando.

—Pues ¿qué va a ser?, la estrategia que vamos a seguir, el nuevo plan. Un hechizo que causará molestias, fastidios, incordios, trastornos, inconvenientes y problemas a cientos de personas, y que pondrá tu currículo a la altura del de las mejores brujas del planeta.

—¡Ah!, ¿sí? ¿Y de qué se trata?

—Es muy sencillo. Verás... Casi todos los seres humanos se comunican entre sí a través de sus teléfonos, ¿cierto? –preguntó Tenebroso

—Cierto –apoyó Tadea.

—Entonces lo único que tenemos que hacer es cambiar los números de teléfono de la comarca, de manera que nadie pueda llamar a quien quiera y todos reciban llamadas erróneas constantemente. ¿Te imaginas?

—¡Caramba! –exclamó Tadea–. Pues sí que es una lata, sí.

—Más que una lata, es un auténtico engorro, un agobio...

Tadea había dejado de escucharlo y buscaba ya en su *"Enciclopedia de las Artes Brujescas"*. Pulsaba el botoncito para pasar páginas hacia delante y hacia detrás. Hasta que...

– Aquí está: Hechizo para cambiar números de teléfono.

Tadea levantó en el aire su varita de ébano, apretó los ojos con fuerza y pronunció las palabras que había leído en el libro:

"Que con un leve tembleque,
cada teléfono trueque
en otro, sin ton ni son,
y se arme gran confusión."

Ahora sólo había que observar de cerca los efectos del hechizo. Y para observar sin ser vistos, nada mejor que volverse invisibles.

De nuevo pasar de páginas de la enciclopedia hacia delante, después hacia atrás...

—Lo encontré: Hechizo para volverse invisible.

"Que, aunque parezca increíble,
el mágico sortilegio
me conceda el privilegio
de parecer invisible."

En ese momento, Tadea desapareció del lugar, pero el pobre Tenebroso continuó siendo el ser corpóreo y tangible de siempre... Vamos, que le veía todo el mundo.

—¡Eh! ¿Y yo qué? –protestó el pobre cuervo– ¿Es que piensas dejarme aquí? –se quejaba sin saber a dónde dirigir sus graznidos.

—Espera, espera –se disculpó Tadea–, que ha sido un pequeño despiste. Y pronunció de nuevo las palabras mágicas:

"Que, aunque parezca increíble,
el mágico sortilegio
te conceda el privilegio
de parecer invisible."

Mágicamente, Tenebroso se volatilizó también. Todo parecía ir de maravilla, a no ser por un detalle insignificante.

—Oye, Tadea, ¿dónde estás? No te veo.

—Yo tampoco te veo a ti, Tenebroso. Creo que este hechizo tiene un pequeño fallo. Espera, que voy a investigar.

Y el libro electrónico, aparentemente solo, empezó a pasar sus páginas de nuevo hacia delante y hacia atrás.

—¡Aquí está! –gritó Tadea.

"Que Tadea y Tenebroso,
con este hechizo ingenioso,
puedan verse mutuamente,
sin que los vea la gente."

De esta manera, la bruja y el cuervo pudieron verse el uno al otro, pero permanecieron invisibles para el resto del mundo. Y aprovechando esta ventaja, pudieron acercarse a las personas para comprobar el resultado de su plan.

"Riiiiliiiing", sonó un móvil. Tadea y Tenebroso acudieron rápidamente. Una chica pelirroja y pizpireta sacó el teléfono de su bolso y contestó la llamada:

—¿Diga?

—¿Es el supermercado?

—¿El supermercado? No. Lo siento, señora, se ha equivocado.

—¡Ah!, ¿no es el supermercado? ¿Con quién estoy hablando entonces?

—Me llamo Melusina.

—¿Melusina? ¿Como el hada de la leyenda?

—Sí, ese nombre me lo puso mi abuela.

—¿Tu abuela?

—Sí, yo no la conozco, pero mi madre me contó que era una mujer muy dulce y que le encantaban las hadas. Tuvo que

emigrar al extranjero por motivos políticos y desde entonces no hemos sabido nada más de ella.

—Oye, Melusina. ¿Tienes por casualidad una mancha en forma de corazón junto al ombligo?

—Sí, ¿cómo lo sabes?

—Porque soy tu abuela, tu abuela Amanda... ¡Y llevo años buscándote!

A estas palabras las siguieron llantos de emoción, saltos de felicidad y promesas de encontrase y no volver a separarse jamás. Tadeo y Tenebroso no daban crédito a lo que veían sus ojos y oían sus oídos. Pero sin dejarse vencer por el desánimo, y convencidos de que solo se traba de una excepción, se acercaron a otra conversación telefónica. Esta vez era un chico apocado y tímido el que respondía la llamada:

—¿Sí?

—¿Podrían por favor decirme si han recibido ya la última versión del juego Fantasy III? He llamado a todos lados, pero está agotada –la voz era de chica.

—Disculpa –musitó Braulio, que así se llamaba el chaval–, creo que te has equivocado. Este teléfono es de un particular.

—¡Vaya! Perdona. Es que ya no sé dónde llamo. Estoy como loca buscando el Fantasy III. Me muero de ganas por jugar con él.

—Yo lo tengo. Si quieres, nos vemos y jugamos un rato en el Cíber Milenio.

—¿Sí? Sería genial. ¿Quedamos allí a las siete?

—De acuerdo. Allí estaré.

—¿Y cómo podré reconocerte?

—Porque llevaré una camiseta de la novia cadáver, de Tim Burton.

—¡Guay! Hasta luego.

—Hasta luego.

¡Esto era inconcebible! No sólo habían ayudado a que nieta y abuela, que no se veían hacía años, se reencontraran, sino que además había conseguido que un friki saliera de su aislamiento y encontrara una compañera. ¡Terrible!

Tenebroso y Tadea no se dieron por vencidos, siguieron investigando, pero lo único que averiguaron fue que, a consecuencia de las llamadas erróneas, la policía había logrado atrapar a un peligroso delincuente, dos amigos enfadados desde hacía tiempo habían vuelto a hablarse y una ONG había conseguido que un archimillonario les legara su fortuna.

—¡Ya es suficiente! –graznó Tenebroso posándose en un banco–. Está clarísimo que el plan no ha salido como esperábamos.

—Más bien no –a Tadea, la verdad, le hubiera gustado seguir sus pesquisas, porque todo aquello le hacía sentirse inexplicablemente bien, pero no se atrevía ni a insinuarlo.

—Anda, devuélvenos la visibilidad de nuevo –sugirió Tenebroso cuando vio que un señor enorme estaba a punto de sentársele encima–, que esto de ser invisible entraña sus riesgos.

Tadea, empuñando su varita y apretando los ojos, pronunció de nuevo el hechizo, pero esta vez en plural.

"Que, aunque parezca increíble,
el mágico sortilegio
nos conceda el privilegio
de volver a ser visibles."

La bruja y el cuervo se fueron volviendo tangibles de la cabeza a los pies y, sin dar tiempo a las lamentaciones, se subieron a la escoba, en busca de otro lugar en el que llevar a cabo sus vilezas. Al despegar, Tadea casi atropella a una pareja de gatos que se hacía arrumacos sobre un tejado. Tenebroso, para olvidarse del mareo, se dedicó a cantar:

"El gato negro Clemente,
el de la bruja Heliodora,
se enamoró locamente
de una gatita de angora.

Por la gracia y la belleza
de gata tan elegante,
perdió el pobre la cabeza,
el sosiego ¡y hasta un guante!

Se le caía la baba,
pisaba su propia cola,
al maullar se aturullaba
y no daba pie con bola.

Poniendo voz de falsete,
cantaba de vez en cuando
y seis vidas de las siete
se las pasó suspirando.

Al verla en el callejón,
era el más feliz del mundo
y le daba el corazón
cien latidos por segundo.

Hasta que a la gata, al fin,
una noche en pleno invierno,
el gato le hizo tilín
y le juró amor eterno.

Están muy enamorados
el morroño y la morroña
y vagan por los tejados
haciéndose carantoñas."

Capítulo 9

Carolina y Pelusa habían dado más vueltas que un tiovivo buscando a la bruja y su mascota, sin ningún resultado.

—Pero, ¿dónde se habrán metido? –preguntaba el hada, primero pacientemente, más tarde un poco molesta y ya con un enfado de agárrate y no te menees.

– Miau –maullaba Pelusa aprovechando el viaje para ir probando exquisiteces propias de los lugares que iban visitando: helados de Italia, saltamontes fritos de Tailandia, arroz chino de la China, arenque ahumado de Finlandia...

Hartas ya de ir de acá para allá, Carolina y Pelusa decidieron darse por vencidas, dejar de hadar a todas horas y dedicar el resto de sus días a plantar champiñones, cuando algo sorprendente ocurrió delante de sus narices feéricas. A pocos metros de distancia, salidos de no se sabe dónde, aparecieron repentinamente Tadea y Tenebroso. Y cuando digo aparecieron, quiero decir que, literalmente, se manifestaron, se hicieron visibles, surgieron de la nada. Y Carolina tenía clarísimo que su misión era convertir a Tenebroso en cualquier ser volátil más amable que un cuervo renegrido y protestón. Pero... ¿en qué? Después de mucho pensar y pensar, de consultar por el móvil con el Hada Mayor, de sopesar y estudiar posibilidades y de, al final, echarlo a suertes, decidió convertirlo en un papagayo alegre y multicolor. Con su varita con estrella dorada en la punta, articuló su retahíla de palabras rimadas:

"Que este esmirriado avechucho
se convierta como un rayo
en alegre papagayo
y que a mí me quiera mucho."

Tenebroso se vio transformado en un pispás en ave del paraíso. Y sin que a Tadea le diera tiempo a reaccionar, el ave multicolor salió volando y se perdió entre la floresta.

—¿Dónde estás, pajarito mío? –lo buscaba Tadea por todas partes sin lograr dar con él.

Y es que Tenebroso, víctima del hechizo de Carolina, se había posado en el hombro del hada y no se separaba de ella ni a sol ni a sombra.

—¡Ay!, qué alegría. Por fin lo he conseguido –exclamaba el hada.

—Por fin lo he conseguido. Por fin lo he conseguido –repetía el papagayo.

—Miau, miau –maullaba Pelusa.

—Miau, miau –repetía el papagayo.

—Eres un pájaro muy bonito –le mimaba Carolina.

—Un pájaro muy bonito. Un pájaro muy bonito –repetía el papagayo.

—Y qué gracioso, repite todo lo que digo –comentaba el hada.

—Repite todo lo que digo. Repite todo lo que digo –repetía el papagayo.

—Miau, miau –maullaba Pelusa.

—Miau, miau –repetía el papagayo.

Y claro, que un pájaro reproduzca tus palabras resulta simpático al principio, pero cuando llevas dos horas con él encima del hombro y no logras hacerle callar de ninguna manera, puede llegar a convertirse en un auténtico agobio.

—¡Quieres callarte de una vez, cotorra! –le ordenaba Carolina.

—Callarte de una vez, cotorra. Callarte de una vez, cotorra –repetía el papagayo.

—Miauuuu –maullaba Pelusa con el pelo erizado.

—Miauuuu. Miauuuu –repetía el papagayo.

—Si no te callas, te voy a atar el pico, pájaro charlatán –Carolina empezaba a estar realmente desesperada.

—Te voy a atar el pico, pájaro charlatán. Te voy a atar el pico, pájaro charlatán –repetía el papagayo.

—Miauuuu –maullaba Pelusa.

—Miauuuu. Miauuuu –repetía el papagayo.

—¡No lo aguanto más! Si no me quitan de en medio a esta tortura con alas, voy a terminar cometiendo un pajaricidio –se lamentaba Carolina mirando al cielo.

—Cometiendo un pajaricidio. Cometiendo un pajaricidio –repetía el papagayo.

—Miauuuu –maullaba Pelusa.

—Miauuuu. Miauuuu –repetía el papagayo.

Carolina, de repente, cayó en la cuenta de lo que le estaba ocurriendo.

—¿Cómo es posible? ¿Cómo a un hada buena como yo se le ocurre pensar semejante barbaridad? –se afligió Carolina.

—Se le ocurre pensar semejante barbaridad. Se le ocurre pensar semejante barbaridad –repitió el papagayo.

—Miau. Miau –maulló penosamente Pelusa.

—Miau. Miau –repitió el papagayo.

—¡Qué vergüenza, madre mía! Si me viera el Hada Mayor.

—Si me viera el Hada Mayor. Si me viera el Hada Mayor.

—Mia –intentó maullar Pelusa, pero Carolina dio un supergrito huracanado que se oyó en los confines del mundo.

—¡Se acabó! ¡Nadie va a repetir más lo que yo diga!

Pelusa no se atrevió a maullar, pero el papagayo repitió, como siempre, las últimas palabras de Carolina:

—Nadie va a repetir más lo que yo diga. Nadie va a repetir más lo que yo diga.

El hada, poseída por una fuerza irrefrenable, a punto estuvo de agarrar por el pico al ave. En lugar de eso, empuñó su varita y pronunció un sortilegio:

"Que este pájaro horroroso,
el más pesado de todos,
que charla hasta por los codos,
se transforme en Tenebroso."

Esta vez al parlanchín papagayo no le dio a tiempo a repetir las palabras mágicas de Carolina, porque en décimas de segundo se vio transmutado de nuevo en cuervo.

Tenebroso, cuando se vio encima del hombro del hada Carolina, que era su peor pesadilla, arrancó a volar y no paró hasta, seis horas después, dar con la bruja Tadea y posarse a descansar sobre su regazo.

—¡Ay! –se quejó el cuervo alicaído– Si supieras lo que me ha pasado, no te lo ibas a creer.

—Cuenta, cuenta –le pidió la bruja.

Y durante un buen rato, Tenebroso relató con todo lujo de detalles la aventura vivida junto al hada más rosa de todas las hadas.

Para que se le pasara el disgusto, Tadea decidió llevar a su cuervo a un desfile de moda que iba a celebrarse en la Pasarela Brujeles. El cuervo estaba encantado, aunque eso de la moda no le importaba mucho: poder estar en un lugar donde no oliera a hada y en el que ni los chicles fueran de color rosa, era un auténtico alivio.

Nada más entrar en el local, Tadea se encontró con la bruja Margarita. Hacía más de dos siglos que no la veía, pero la verdad es que estaba estupenda: arrugada como una ciruela pasa, llena de verrugas, con pelos en la barbilla... En fin... ¡fantástica! También saludó a su prima, la bruja Agripina, pero aunque no le dijo esta boca es mía, la encontró poco favorecida: los años no habían pasado por ella y tenía la cara como el culito de un bebé, sin una sola pata de gallo, sin una sola mancha... ¡Pobre!

El desfile estaba a punto de comenzar y el público debía tomar asiento. Tadea y Tenebroso se pusieron en primera fila, junto al brujo Ruperto y la bruja Cayetana. El primer maniquí en salir era un brujo que llevaba un modelito monísimo de Brejo del Bierro, hecho con alas de tábanos, adornado con orejas de rata y con una peluca de anguilas de mar secadas al sol. El collar, de dientes de serpiente de cascabel, era ideal. Pero lo que a Tadea la cautivó fue la bufanda, tricotada por la bruja de Hansel y Gretel en su casita de chocolate, con seda de gusanos negros. ¡Genial! A este le siguió una muestra de trajes de baño muy cucos, de Brujegaz, con tejidos de algas marinas fermentadas. Tadea estaba encantada. Tenebroso, sin embargo, con tanto trapo para arriba y para abajo, empezaba a aburrirse. Al principio aguantó como pudo, pero cuando llevaban ya hora y media de desfile y de inmovilidad no pudo más, quiso estirar un poco las alas, se enredó entre los pies de una maniquí, que llevaba unos tacones de aguja de doce centímetros, y la pobre chica fue a dar de narices contra el suelo. Los que venían detrás no la vieron, se tropezaron con ella y cayeron también formando una montaña humana de maniquís supermonísimos. Afortunadamente nadie se hizo daño; pero, ante el ataque de cólera de los organizadores, Tadea y Tenebroso prefirieron hacer mutis por el foro y marcharse por donde habían venido lo más deprisa posible. Pero con esa habilidad innata que tenía Tadea de transformar todo lo malo en bueno, el accidente hizo que el desfile saliera en todas las televisiones del mundo y dio a los diseñadores tanta fama que sus modelos se vendieron como rosquillas. ¡Cosas que pasan!

Capítulo 10

El vuelo caótico de la escoba había hecho a Tadea y Tenebroso aterrizar en mitad de la sabana africana, entre un baobab y una acacia. Allí tuvieron que escapar de las garras de un león que se había empeñado en merendarse a Tenebroso; se hicieron una tortilla gigante con un huevo de avestruz; curaron de su resfriado al elefante (que les había confundido con los hechiceros de la tribu y no los dejaba ni a sol ni a sombra); borraron, por chinchar, las rayas de tres cebras (pero tengo que decir que ellas quedaron encantadas con su nueva imagen), y le dieron tal susto a un cazador que prometió no volver a coger una escopeta en su vida.

Después de que la escobita de marras las llevara a bailar junto a un dragón de papel en China, patinar en un glaciar de la Patagonia, ver canguros en Australia, subir al Empire State Building en EEUU y pasear en camello por Egipto, Tadea y Tenebroso pudieron parar a descansar junto a una duna de una playa desierta.

—¡Uf! ¡Por fin! Vaya viajito –se quejaba Tenebroso–. Menudo cansancio. El jet lag me tiene loco.

—Vamos, deja de quejarte. Hemos hecho turismo, ¿no?

—Sí, montados en una escoba y con una conductora novata que nunca sabe dónde va a aterrizar.

—Así tiene más emoción –se burló Tadea que, aunque debía sentirse preocupada, la verdad es que no lo estaba en absoluto.

—Bueno, bueno, déjate de emociones y monsergas y vamos a lo que nos interesa: tu currículo –Tenebroso era tozudo, y no pensaba claudicar.

—Pero si ya lo hemos intentado: desde jorobar la acampada a una pandilla de niños excursionistas, hasta sembrar el pánico soltando a los monstruos de la Casa del Terror, pasando por dejar sin sus medios de transporte a los seres humanos... ¿Qué más podemos hacer?

—Pues algo gordo. Algo muy gordo –Tenebroso adoptó el gesto grave del que va a aventurarse a pronunciar lo impronunciable–. ¡El Hechizo de los Hechizos!

—¡¿El Hechizo de los Hechizos?! –Tadea se había puesto pálida, el corazón le palpitaba tan fuerte que parecía que se le iba a salir del pecho y las manos le sudaban sin parar– ¡¿El Hechizo de los Hechizos?! –volvió a preguntar convencida de que sus oídos le habían jugado una mala pasada.

—Sí, el Hechizo de los Hechizos –le contestó parsimoniosamente Tenebroso.

—¡Tú te has vuelto loco! A ti te ha sentado mal el sol del desierto. Si ya te lo dije yo, que te pusieras el al-hatta, el pañuelo árabe, que ibas a coger una insolación. Y míralo, tenía razón.

Tenebroso, armándose de paciencia, intentó tranquilizarla.

—Que no. Que no tengo insolación, ni se me ha ido la olla, ni nada por el estilo. Que nunca estuve más cuerdo, aunque tú no estés de acuerdo. ¡Huy!, me ha salido un pareado.

—Déjate de pareados y de Hechizos de Hechizos y regresemos a casa, que estoy hasta la coronilla de tanto ir de acá para allá.

—¿A casa? ¡Ni hablar! –se negó en redondo Tenebroso–. No acostumbro a regresar con el rabo, digo la cola, entre las piernas. Nos queda una última baza: el Hechizo de los Hechizos, y vamos a jugarla.

—¿Pero tiene que ser precisamente el Hechizo de los Hechizos, el que nunca nadie hizo? –preguntó Tadea con voz temblorosa.

—Sí. Ya hemos probado con hechizos corrientes y molientes y nada. El Hechizo de los Hechizos es nuestra última oportunidad.

Tadea puso cara de resignación. Recordaba con claridad lo que su abuela, la bruja Brígida, le contaba de niña: "Hace muchos muchos años, en la época de los juglares y los trovadores, una pandilla de brujas celebraba su aquelarre en el claro de un bosque. La bruja Luzmila, en un momento de inspiración, acababa de crear el Hechizo de los Hechizos, el que les permitiría dominar el mundo, y lo había escrito en pergamino con pluma de faisán. Pero su mascota, Rosenda, la serpiente escarlata más espeluznante y terrorífica que había existido y existiría jamás, estaba muy enfadada con Luzmila porque esa misma mañana, harta de sus ataques de furia y de sus constantes eructos desconsiderados, la había mandado al hogar de serpientes abandonadas y la había cambiado por una lagartija colirroja que le daba menos quehacer. Presa de la ira, Rosenda, en un descuido de Luzmila,

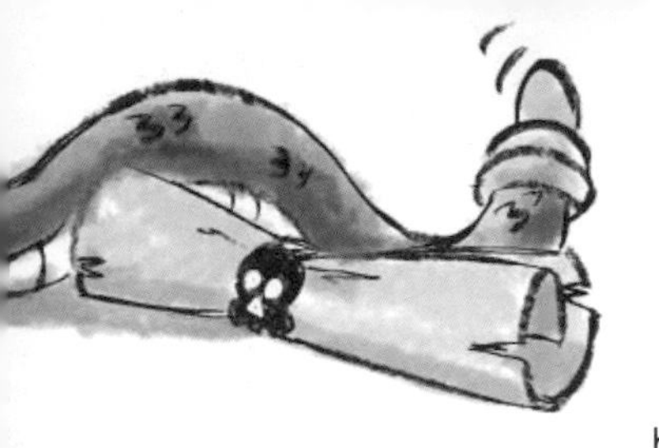

que por cierto era una bruja muy despistada, se apoderó del hechizo. Desde entonces, generación tras generación, las serpientes escarlatas han custodiado el pergamino en la Cueva Cavernosa. Muchas brujas en busca de gloria han intentado recuperarlo, para acabar todas, sin excepción, desaparecidas entre las fauces de la serpiente de turno".

Era una historia conocida por cualquier habitante del mundo de las brujas. Desde la Bruja Jefa hasta la última e insignificante lombriz. Y todos sabían que desde hacía un lustro, la encargada de custodiar el manuscrito era la serpiente Petronila, cruel y despiadada, capaz de meterse a una bruja entre los colmillos como si fuera un mondadientes.

—¿Y cómo haremos para vencer a Petronila y llegar hasta el pergamino? –preguntó Tadea, todavía con la esperanza de que el cuervo, al darse cuenta de la insensatez de su propósito, se echara para atrás. Pero nada más lejos de la realidad. Ya he dicho que se trataba de un ave cabezota: una vez que tomaba una decisión, no había manera de que diera su brazo (su ala) a torcer.

—No lo sé. Ya lo pensaremos por el camino. Lo importante es que, después de siglos, alguien va a volver a intentarlo.

—Mira tú qué gracia –masculló entre dientes Tadea–, y ese alguien tenemos que ser precisamente nosotros...

—¿Decías algo? –preguntó el cuervo.

—No, nada, nada, solo estaba encomendándome a todas las brujas de la historia.

Lo primero era encontrar la Cueva Cavernosa. Y para eso estaban los navegadores. Tras montarse los dos en la escoba, Tenebroso sacó el GPS de la bolsa de Tadea y le introdujo la dirección: Cueva Cavernosa, Montaña Azul, 7, Ivérnola. La voz femenina y amable del aparato empezó a dar instrucciones:

—A quinientos metros tuerza a la derecha.

Tadea, incapaz de controlar el volante, giraba a la izquierda.

—En la rotonda, tome la segunda salida.

Tadea tomaba la cuarta.

—Salida a la izquierda más adelante.

Tadea salía a la derecha.

Después de muchas horas de vuelo y cientos de órdenes incumplidas, el GPS empezó a echar humo y dejó de dar indicaciones.

—¿Lo ves? Si es que así no hay manera. Acabas con la paciencia hasta de las máquinas –protestó el cuervo.

Tadea y Tenebroso preguntaron a un campesino que cultivaba calabacinos. El señor los mandó a la estación de la ciudad vecina, donde podrían coger un autobús que los dejaría directamente en la entrada de la Cueva Cavernosa. Nuestros amigos no lo pensaron ni un momento, se dirigieron al lugar indicado y subieron en un autobús naranja lleno a rebosar de viajeros. La pobre Tadea, con el codo de una señora con moño clavado en la espalda y el ala de la visera de un chico rapero metida en un ojo, se agarró a la barra del autocar y, durante un trayecto bastante accidentado, se mantuvo en pie como pudo.

—Los hay que conducen aún peor que tú –la consoló Tenebroso señalando con su ala al señor que manejaba el volante.

Afortunadamente, con un frenazo de aúpa, Tadea y Tenebroso llegaron a su destino sin tener que lamentar males mayores.

Una vez en la entrada de la cueva, la tiritera de Tadea fue a más y los dientes terminaron castañeteándole tanto que se oía su entrechocar en todo el bosque.

—Vamos –decidió tajantemente Tenebroso.

—Pepero así, sisín ningún plaplán –tartamudeo Tadea.

—Ya improvisaremos dentro, cuando conozcamos bien la situación. Seguro que se nos ocurre algo.

La entrada de la cueva era oscura, silenciosa y húmeda. Tadea mandó a su cuervo a encabezar la expedición y ella se mantuvo detrás, temblando más que un dulce de gelatina. Tras recorrer varios lóbregos pasillos, oyeron de pronto un gruñido horripilante que les puso los pelos (bueno, a Tenebroso las plumas) de punta.

—¡Gruaum!

Tadea salió corriendo hacia la entrada a toda la velocidad que le permitieron sus piernas, pero no pudo avanzar mucho, porque Tenebroso le agarró de la túnica con el pico.

—¿Adónde te crees que vas? –le preguntó el cuervo.

—A mi casa con mi padre, con mi madre y con mi perro –dijo Tadea sin atascarse ni una sola vez.

—Pero si tú no tienes perro. Anda, deja de decir tonterías y vamos adentro de una vez.

Toda la valentía de Tenebroso se hizo añicos cuando, tras varios pasillos y salas oscuras y tétricas, apareció ante sus ojos, sin previo aviso, una serpiente gigantesca, viscosa, repugnante, que hizo que el cuervo y la bruja se quedaran paralizados, incapaces de dar un paso, invadidos por el pánico.

—¿Qué diantres hacéis aquí? –preguntó el horrendo y repulsivo animal, abriendo sus enormes fauces–. ¿No tendréis la peregrina idea de intentar llevaros este pergamino, verdad? –la espantosa bestia señaló un papel enrollado y atado con una cinta negra que había tras una estalagmita y estalló en una sonora carcajada– ¡Ja, ja, ja!

Tenebroso no había sentido más miedo en su vida. Y como siempre que las situaciones eran adversas, no se le ocurrió otra cosa que ponerse a cantar.

"¡Me encantan las brujerías!
Embrujar todos los días.
Hechizar a troche y moche
de la mañana a la noche.

A la de una, dos y tres,
al derecho y al revés.
A la de tres, dos y una,
con el sol o con la luna.

Que a una princesa feliz,
en mitad de la nariz,
le crezca una gran verruga
peluda como una oruga.

Que la corona a Su alteza
se le cuele en la cabeza,
porque se le quede grande,
y tropiece cuando ande.

Que ese león melenudo,
que ruge tan a menudo,
desde mañana temprano
cante con voz de soprano.

Que un noble muy valeroso
se transforme en ser miedoso
y en vez de rescatar damas
se esconda bajo sus camas.

Que el hada más cursi y sosa
se vuelva alérgica al rosa
y se vista como un grajo:
¡de negro de arriba abajo!"

Para sorpresa de todos, el canto hizo que la serpiente escarlata se irguiera sobre sí misma y empezara a contonearse. Al principio lo hacía tímidamente, pero a la cuarta estrofa, la fiera implacable se había transformado en una bailarina descocada. Tenía los ojos en blanco y estaba como poseída, incapaz de prestar atención a nada que no fuera la música y su baile desaforado.

—¡Sigue, sigue! No dejes de cantar –pidió Tadea a Tenebroso.

"¡Me encantan las brujerías!
Embrujar todos los días.
Hechizar a troche y moche
de la mañana a la noche."

Mientras el cuervo repetía una y otra vez la canción y la serpiente bailaba como loca, Tadea aprovechó para colarse sigilosamente por detrás, coger el papiro enrollado con la cinta negra y meterlo en su bolso.

—Vámonos. Rápido –dijo en cuanto lo tuvo bien guardado.

Tadea corrió tanto que a Tenebroso le costó trabajo seguirla.

—¡Eh! Espera. Que la velocidad máxima de vuelo permitida para cuervos es de ciento cincuenta por hora.

Una vez sobre la escoba, despegaron atropelladamente y emprendieron una huida desesperada.

Capítulo 11

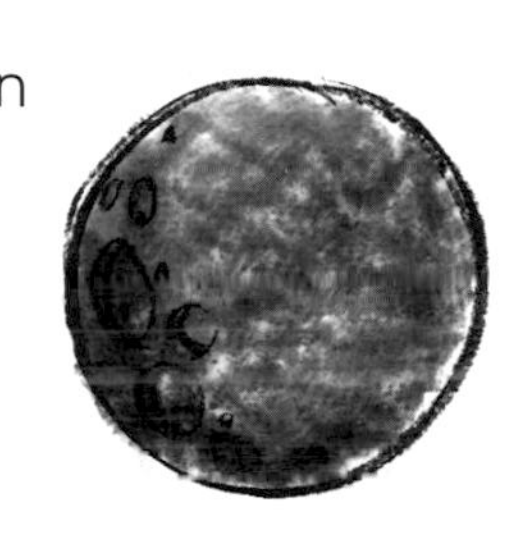

Imposible determinar cuánto tiempo estuvieron volando Tadea y Tenebroso, ni hacia dónde. El caso es que, hasta que no se sintieron a salvo, no aterrizaron. Y lo hicieron, casualmente, en mitad de una plaza.

—Vaya. Aquí no hay ni un alma –observó Tadea mirando a su alrededor.

—Claro –protestó Tenebroso–. Son las tantas de la madrugada. La gente está descansando, como está mandado. Sólo están despiertos los búhos. Bueno, y una bruja insensata y su cuervo que se han pasado horas dando vueltas por el aire.

—¿Y qué quieres? Había que quitarse de en medio, ¿no?

—Sí, pero no era necesario llegar al otro lado del mundo.

—Anda, anda, deja de despotricar y vamos a abrir el pergamino. ¿Es que no tienes curiosidad por conocer el Hechizo de los Hechizos?

La verdad es que curiosidad sí tenía, pero también un miedo atroz a las desgracias que la lectura de aquel papelito les podía ocasionar.

Tadea deshizo el nudo de la cinta negra, desenrolló el manuscrito y empezó a leer.

—"Este es el Hechizo de los Hechizos, el que permitirá a una bruja, por inexperta y desmañada que parezca..." ¡Esa soy yo! –pensó Tadea–, "... convertirse en la más poderosa. Y, como no soy buena dándole a la pluma de faisán, procederé directamente a su trascripción. No sin antes advertir que, para pronunciarlo, cualquier bruja que se precie debe agarrarse los lóbulos de las orejas, ponerse a la pata coja y cerrar el ojo derecho".

Tadea se agarró los lóbulos de las orejas, se puso a la pata coja y cerró el ojo derecho. Tenebroso se puso a la pata coja y cerró el ojo derecho. No se agarró los lóbulos de la orejas porque los cuervos no tienen orejas.

—"Y, con voz clara y grave, leer las siguientes palabras mágicas:

Mejor antes que después,
que el tiempo pase al revés.
A su ritmo y al compás,
que el tiempo pase hacia atrás."

Tadea y Tenebroso se vieron envueltos, inesperadamente, en una especie de torbellino de color. Cuando paró, algo muy extraño comenzó a ocurrir. La bruja y el cuervo se encontraron sucesivamente pronunciando las palabras mágicas ante el pergamino, huyendo como cohetes, sustrayendo el manuscrito mientras la serpiente bailaba, viajando en autobús hacia la Cueva Cavernosa...

—¿Qué es esto? –preguntó Tadea alucinada.

—¿No lo ves? El tiempo está pasando al revés. ¡Es fantástico! –graznó el cuervo dando saltitos de alegría.

—¡¿Fantástico?! ¿Y qué tiene de fantástico? –Tadea no entendía nada.

—Claro, ¿no te das cuenta? Tendremos la oportunidad de rectificar nuestros errores.

Tadea no estaba muy convencida de que el pasado se pudiera cambiar y, lo que era peor, de que ella quisiera hacerlo; pero no tenía ninguna intención de ponerse a discutir con Tenebroso.

Marcha atrás, pasearon en camellos por Egipto, subieron al Empire State Building, vieron canguros en Australia, patinaron por un glacial en la Patagonia, bailaron con un dragón de papel en China y borraron las rayas de las cebras en la sabana africana.

Para Tadea fue un placer volver a asistir al desfile de la Pasarela Brujeles, sin embargo a Tenebroso eso de convertirse otra vez en papagayo no le hizo gracia ninguna, la verdad.

Y les tocó vivir de nuevo las consecuencias del hechizo de las líneas telefónicas: la ONG que conseguía que un archimillonario le donara su tortuna, los dos amigos que volvían a hablarse tras años enfadados, la policía que atrapaba a un famoso delincuente, los dos frikis que salían de su aislamiento, la abuela que se reencontraba con su nieta perdida... Tenebroso se tiraba de las plumas de rabia. Pero Tadea no se sentía tan mal como era de esperar. Es más, si algún desconsiderado la hubiera visto sonreír, hubiera dicho que incluso estaba disfrutando. Y cuando llegaron al momento del hechizo...

—Ahora, ahora es cuando podemos arreglarlo. Sólo tenemos que rectificar el hechizo, cambiarlo para que incordie de verdad. Podemos, por ejemplo, añadirle las siguientes palabras mágicas:

"Que la llamada moleste
y jorobe al que conteste."

Pero Tadea, sin saber por qué, fue incapaz de pronunciarlas. Algo en su interior se lo impedía. Tenebroso atribuyó su mudez al aturullamiento por el viaje en el tiempo. Y sin querer darle mayor importancia, esperó pacientemente la siguiente oportunidad. Total, a la velocidad a la que retrocedían, no tardaría mucho en presentarse. Lo malo fue que le tocó transformarse unas pocas veces en ángel de tirabuzones rubios tocando la lira. Pero qué le iba a hacer, eran gajes del oficio. Afortunadamente el inconveniente se vio compensado por un exquisito festín de cucarachas fritas.

Peor fue revivir la alegría mundial por el descubrimiento del nuevo combustible no contaminante. Si la Bruja Jefa supiera que ellos habían sido los autores de acción tan meritoria... Tenebroso quería que lo tragara la tierra, tal era la sensación de bochorno que lo invadía. Tadea, sin embargo, no podía remediar que una pequeña luz de orgullo y satisfacción brillara en su corazón. Por eso, cuando Tenebroso propuso añadir un pareado al hechizo:

"Que con la sustancia nueva
no haya coche que se mueva."

Tadea se hizo la sorda y dejó que se perdiera de nuevo la oportunidad de rectificar.

A Tenebroso la actitud de Tadea estaba empezando a mosquearlo, ¡y mucho! Y para acabar de exasperarse, tuvo que revivir las transmutaciones en palomita de la paz con rama de olivo en el pico. ¡Menuda lata!

Menos mal que no tardaron mucho en verse transportados a la noche de Halloween. Y, claro, un cuervo negro y siniestro como él siempre se alegra de verse rodeado de monstruos por todos lados, aunque estos, en vez de dar miedo, den risa. Sólo había que esperar al hechizo, agregarle un:

"Y no una noche cualquiera:
en verano o primavera."

Así evitarían que la salida de los monstruos de la Casa del Terror coincidiera con la fiesta de Halloween y... ¡asunto solucionado! Sin embargo, para desesperación de Tenebroso, a Tadea le dio un ataque de afonía que le impidió pronunciar palabra alguna. ¿Se habría quedado muda de verdad? Tenebroso estaba muy escamado y ya empezaba a sospechar que las malas intenciones de su amiga la bruja no eran en realidad tan malas. Por eso no le sorprendió nada que una vez sofocado el incendio del campamento infantil gracias al sortilegio de Tadea, esta se negara a enmendarlo con la apostilla:

"Que con un viento nefando
salgan las tiendas volando."

La bruja argumentaba que no era capaz de aprenderse una palabra tan rara y repetía el pareado equivocándose siempre. En vez de nefando decía Orlando, sumando, normando... Pero Tenebroso estaba casi convencido de que se confundía a conciencia para que el nuevo hechizo no tuviera efecto. Y sumido en estas cavilaciones, se le pasó sin darse cuenta el encuentro con el extraterrestre saturniano y el día de compras en el Norte Brujés. Por suerte para él, tan concentrado estaba que no sufrió otra vez con la llamada de la Bruja Jefa despidiendo a Tadea ni con el flirteo de Tadea y Tristancho. Eso sí, cuando tocó revivir la escena en que la bruja Tadea tropezó con el palo de la escoba, Tenebroso reaccionó. ¡Todavía estaban a tiempo! Si la bruja, en vez de coquetear con Tristancho, arrancaba su escoba ultrasónica y se dedicaba a buscar a alguien a quien fastidiar, como era su obligación, Olivia no tendría de qué chivarse y la Bruja Jefa nunca realizaría la dichosa llamada telefónica poniéndola de patitas en la calle. Tenebroso, con todas las fuerzas maléficas de las que disponía, intentó convencer a su amiga:

—Vamos, Tadea, no seas necia. Tienes ante ti un futuro prometedor. Podrás llegar a ser bruja jefa, vivir en un castillo de superlujo en la Costa Sombría, conducir el último modelo de escoba, comprar la ropa en tiendas exclusivas, alojarte en hoteles brujescos de cinco murciélagos... No habrá capricho que no puedas permitirte. Piénsalo, piénsalo bien.

Tadea, por un momento, cerró los ojos y se vio a sí misma como una bruja rica y famosa, querida y admirada por todos. Después los abrió y vio a Tristancho, desgarbado y larguirucho, más pálido que una vela y con una cesta en el brazo. Su corazón empezó a latir a ciento treinta por hora, le subió la presión arterial, las mejillas se le tiñeron de color gris ceniza y la lengua se le lio:

—Lo tienso Netebroso –dijo encogiéndose de hombros, mirando al cuervo y siguiendo a Tristancho entre los robledales.

A Tenebroso no le quedó otro consuelo que ponerse a cantar:

«Eso que llaman amor
vuelve tarumba a la gente.
El que lo siente –¡qué horror! –
sonríe constantemente.

Hasta la bruja más sabia,
desde que está enamorada,
se pasa la vida en Babia,
¡completamente alelada!

No dice a veces ni pío.
Anda con cara de boba.
Al hechizar se hace un lío.
Se le pierde hasta la escoba.

Se pasa días y días
en busca de alguna rima,
componiendo poesías.
¡Sólo pensarlo da grima!

Y pinta por los rincones,
con un lápiz color rosa,
montones de corazones.
¡Qué afición tan horrorosa!

¡El asunto tiene miga!
También se vuelve llorona.
Hasta observando una hormiga
se conmueve y se emociona.

Tras mirar alrededor,
piensa mi menda lerenda
que esto que llaman amor
no hay cerebro que lo entienda."

Capítulo 12

¿Que qué había sido de Carolina? Después de la última experiencia, el hada había decidido claudicar en su misión y dedicarse al cultivo del champiñón. No es que su nueva ocupación la llenara mucho, la verdad; pero a ver quién era la guapa que se presentaba ante el Hada Mayor sin haber cumplido sus instrucciones. Los jefes, ya sean hadas o peritos mercantiles, son así y se empeñan en que todo el mundo cumpla sus órdenes. Así que Carolina ese día se encontraba atareada, concentrada en el noble oficio de la agricultura, cuando oyó unos lamentos procedentes de un pinar cercano:

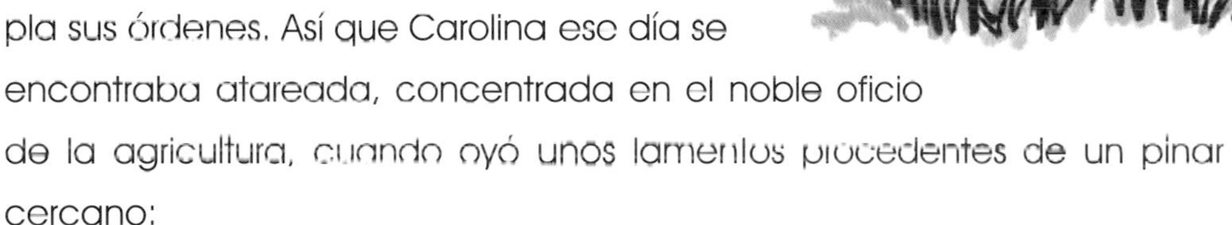

—¡Ay! ¿Qué vamos a hacer ahora? ¿A qué nos vamos a dedicar? Si por lo menos hubieras dejado que el tiempo siguiera transcurriendo hacia atrás, ahora yo estaría tan feliz, en el nido, piando y esperando a que mi madre me metiera una suculenta lombriz en el pico. Pero no, tú tenías que pronunciar el contrahechizo, devolvernos a nuestra época y desbaratarlo todo. Y aquí estamos, en la segunda década del siglo XXI y en el paro.

—Deja de protestar de una vez, que me estás volviendo loca. ¿Te crees que yo no estoy preocupada? No dejo de darle vueltas a la cabeza buscando una posible ocupación. Pero ¿para qué rábanos sirve una bruja a la que los hechizos le salen al revés? ¿A qué narices puede dedicarse una hechicera que, cada vez que pronuncia un sortilegio, consigue que el mal se transforme en bien? ¿Qué porras de empleo van a dar a la persona que ha hecho que la lluvia apague un fuego, que una pandilla de monstruos alegre la noche de Halloween, que se descubra un nuevo combustible no contaminante, que un rico done su fortuna a una ONG, que dos amigos vuelvan a hablarse, que la policía atrape a un famoso delincuente, que dos frikis salgan de su aislamiento y que una abuela se reencuentre con su nieta perdida?

—No lo repitas más, que me están entrando unas nauseas tremendas –se quejó Tenebroso frenando a Tadea.

A la que estaban invadiéndola, no las ganas de vomitar, sino una admiración y una veneración inmensas, era al hada Carolina, que desde detrás de un matorral de lavanda escuchaba boquiabierta.

—¡Ay! Ni en mis mejores sueños he podido yo realizar buenas acciones de semejante categoría. Si una sola de ellas ya es digna de la Gran Varita... ¡Y dice la mentecata que no sirve para nada! ¡Será posible! A esta chica hay que subirle la autoestima, ¡y para eso está aquí el hada Carolina, el hada más rosa del universo feérico!

—Miau, miau –maulló Pelusa, que en el lenguaje de los gatos mascotas de hadas quiere decir: "Tienes toda la razón, amita mía".

Por su parte, Tadea y Tenebroso seguían con su retahíla de lamentos:

—¿A qué me voy a dedicar a partir de ahora? –sollozaba la bruja. Qué alguien me lo diga. ¿A qué?

Carolina, presa de una enorme excitación a causa de la emoción por todo lo que había oído, salió de un salto de su escondite y se plantó ante las narices brujescas de Tadea y el pico mocho de Tenebroso para decir:

—Pues a la magia blanca. A qué va a ser. Si está clarísimo.

—¡Aaaaaay! –graznó el pobre cuervo en cuanto la vio–. Otra vez a convertirme en angelito, o en mariposa, o en luciérnaga, o en...

—No. No te preocupes –lo interrumpló Carolina–. No vengo a transformarte en nada.

—¿Qué quieres entonces? –le preguntó mohína Tadea, que en ese momento no estaba para zarandajas, la verdad.

—Estoy aquí para ayudaros –explicó Carolina–. No habéis oído nunca hablar de la magia blanca, ¿verdad?

—Pues no, nunca –contestó Tenebroso.

—Yo tampoco –le apoyó Tadea.

—La magia blanca –empezó a explicar Carolina poniendo un gesto serio, porque esta oportunidad de hacerse la interesante no iba a dejarla escapar por nada del mundo– es la que sirve para hacer el bien. Y tú en eso eres una experta. Ya lo has demostrado con creces. ¡Menudo currículo! Ni el de la Gran Hada.

—¡Pero yo no soy ningún hada! –se enfadó Tadea. Como todo el mundo sabe, hada es lo peor que se le puede llamar a una bruja.

—Ni falta que te hace –respondió Carolina algo ofendida–. La magia blanca es un arte que ha sido practicado por brujas a lo largo de la historia. Por brujas blancas, claro. Y eso es lo que tú eres.

—¡Una bruja blanca! –se sorprendió Tadea.

—Sí, una bruja blanca. Como la bruja Hermelinda, que evitó que un gran meteorito destruyera la Tierra hace siglos; o la bruja Edelmira, que hizo que lloviera cuando la gran sequía amenazaba a gran parte de la humanidad; o la bruja Minerva, que ayudó al Apolo XII a llegar a la luna; o la bruja Lavinia, que evitó que el Vesubio entrara otra vez en erupción... Pero tú te has empeñado en convertirte en una bruja negra, que es lo que todos esperan de ti, y por eso te va tan requetemal.

—¡Una bruja blanca! ¡Caramba! –Tadea seguía rumiando la idea. Y cada vez le gustaba más– Decidido: desde ahora me dedicaré a practicar la magia blanca. ¡Ya está!

—¡Eh! ¡Eh! Un poquito de calma. No te precipites. No puedes ir por ahí dando meneos de varita y haciendo encantamientos sin orden ni concierto. Las brujas blancas están muy organizadas. Te lo digo yo, que soy íntima amiga de la bruja Aurora. Lo primero que tienes que hacer es montar tu propia consulta. Después, pedir el alta en el Régimen de Autónomos, la solicitud del número de patronal, el libro de visitas, la autorización de apertura, la licencia de obras, la...

—¡Ay! Para, para, que me parece que voy a cambiar de opinión. Esto es demasiado complicado para mí –se abrumó Tadea.

—No te agobies –la tranquilizó Carolina–. Del papeleo me encargo yo. Tú sólo tienes que preocuparte de montar la consulta. ¡Ah!, y de buscarte un buen ayudante, que lo vas a necesitar.

—No tengo que buscar. Ya lo tengo. Tenebroso será mi socio.

—¿Yo? –a Tenebroso se le dibujó en el pico una enorme sonrisa de satisfacción. Llevaba un rato callado, sin querer dar un graznido, sin saber qué iba a ser de él.

—Pues claro que tú –se rió Tadea–. ¿Acaso creías que te iba a dejar tirado, pájaro tonto? –y le dio un abrazo muy apretado.

—Miau, miau, miau –maulló Pelusa, a la que estas escenas tan tiernas le encantaban.

A Tenebroso se le escaparon dos gruesos lagrimones, pero en cuanto se dio cuenta de que estaba emocionándose, se sacudió a Tadea y se puso a refunfuñar.

—Ya vale. Ya está bien de tonterías. Vamos a ponernos a trabajar inmediatamente, que tenemos mucho que hacer.

Y entre folios garabateados, consultas en Internet y discusiones interminables, las horas se les pasaron sin sentir. Ya por la noche, junto a una hoguera que había hecho surgir de la nada el hada Carolina con su varita, Tenebroso quiso brindar por el éxito de la empresa y todos lo celebraron bailando al son de sus canciones.

"La magia blanca también tiene sus compensaciones. Por lo visto, hacer el bien alegra los corazones.

Me saldrá, si me concentro.
Favorecer a la gente
hace cosquillas por dentro
y sienta estupendamente.

Pues menear la varita,
ayudando todo el rato
a aquel que lo necesita,
es un oficio muy grato.

El trabajo es pistonudo.
¡Es cierto! En cualquier lugar,
el que hace bien a menudo
es la mar de popular.

Spiderman, es curioso:
el asco que da una araña
y él es querido y famoso.
¡Vaya cosa tan extraña!

Batman –menudo portento–
es un murciélago inmundo,
que vive a gusto y contento,
y el más popular del mundo.

Qué decir de Superman.
Cualquier chiquillo lo imita,
porque es más bueno que un pan.
¡Y eso sin usar varita!"

Epílogo

En mitad de un bosque lóbrego, donde nunca brillaba el sol, se alzaba una casa tétrica y misteriosa. A su alrededor no crecía ni un árbol, ni un matorral, ni una simple brizna de hierba. Sobre ella siempre había una nube de tormenta que garantizaba el mal tiempo. Los rayos iluminaban la fachada. Sólo los truenos y el ulular del viento rompían el escalofriante sosiego. Todo era soledad y silencio en aquel lugar apartado del bosque. Bueno, los días de fiesta, porque de lunes a viernes se formaba delante de la puerta tal cola que daba tres, y a veces hasta cuatro, vueltas al Bosque de las Adelfas. Y es que, desde hacía dos años, tenían allí su consulta de magia blanca Tadea y Tenebroso. Y lo hacían tan bien que su fama había atravesado fronteras. A ella acudían seres procedentes de todos los rincones del mundo en busca de ayuda mágica para resolver sus problemas. A lo largo del lustro, Tadea había ayudado a una gaviota timorata a superar su fobia a volar, a un pingüino enamorado hasta los huesos a conquistar a su pingüina, a una princesa harta de protocolo a convertirse en bucanera, a una elefanta que soñaba con ser bailarina de musical a actuar en Brodway, a un caballero desmañado a convertirse en un hábil jinete...

Aquella mañana, Tadea se había levantado con la sensación de que algo especial iba a ocurrir. Sentada en la cama, metió los pies en sus zapatos de piel de tritón cogido en la

Laguna Negra en noche de luna llena. Después se ajustó su túnica de piel de lagarto oscuro, se puso su colgante de ratón cristalizado, se colocó su peluca de culebras, se encasquetó su gorro de pico de camisa de víbora y se miró detenidamente al espejo. ¡Estaba terroríficamente espectacular!

Antes de empezar la consulta del día, Tenebroso y ella debían ir al Valle Azul a buscar brezo y tomillo para sus pociones.

—Te habrás convertido en una bruja blanca prestigiosa, pero sigues siendo tan mala conductora como siempre –protestó Tenebroso mientras se subía en la escoba.

—Me parece a mí que te quejas de vicio –se burló Tadea–. Verás como el trayecto es un paseo.

Tenebroso cerró los ojos, se abrochó el cinturón de seguridad y se preparó para un viaje accidentado, como todos los que hacía con Tadea. A pesar de los años que llevaba volando con la brujita, no se terminaba de acostumbrar a su forma de conducir. Pero se había resignado, eso sí.

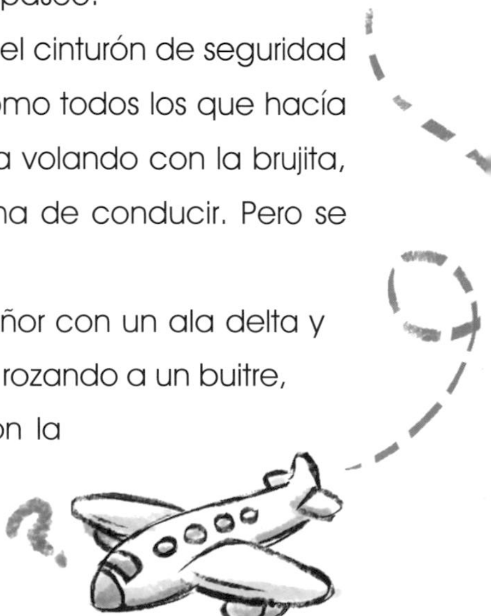

Por el camino engancharon a un señor con un ala delta y lo soltaron cien kilómetros más allá; pasaron rozando a un buitre, que del susto perdió el plumaje; cambiaron la trayectoria del tráfico aéreo y hubo retrasos en los principales aeropuertos del mun-

do; atravesaron una nube de tormenta ocasionando un huracán, y se llevaron por delante el satélite Sastra IV.

Tenebroso, con el madrugón, se había olvidado de tomarse la pastilla para el mareo y la cabeza le daba más vueltas que un tiovivo.

—¡Madre mía! Ha estado a punto de darme un síncope. Menos mal que has aterrizado a tiempo.

—Pues yo creo que cada vez lo hago mejor –dijo orgullosa Tadea.

La bruja se bajó de la escoba y, con Tenebroso revoloteando alrededor de su sombrero de pico y su cesta colgada del brazo, comenzó a buscar ingredientes para sus filtros de amor y talismanes de la suerte. Y como a Tadea se le daba muy bien eso de hacer varias cosas al mismo tiempo, aprovechó el paseo para practicar la magia blanca con todo ser vivo necesitado que aparecía a su paso. Se encontró con una princesa que yacía sin vida rodeada por siete enanitos desconsolados. Tadea no lo dudó, sacó su varita y formuló un hechizo:

"Que un príncipe con caballo,
eso sí, un poquito tieso,
con sombrero y sin lacayo,
la despierte con un beso."

En unos minutos se dejó ver por la pendiente un caballero vestido de terciopelo y con pluma en el sombrero, que se bajó de su corcel y posó sus labios sobre los de la durmiente dama. Ni que

decir tiene que la chica despertó de su sueño y se enamoró perdidamente del galán besucón.

Más adelante se topó con un gato que lloraba desconsoladamente. Resulta que él era la única herencia que su rico amo había dejado a su hijo pequeño.

—¡Ya ve usted! –se quejaba el minino–. ¿Qué va a hacer el pobre muchacho teniéndome a mí como única fortuna?

—No te preocupes –lo consoló Tadea. Con este calzado tan especial que te voy a proporcionar, conseguirás grandes bienes para tu nuevo amo. Ya lo verás.

"Que estas sencillas bellotas
se transformen en dos botas
que recorran siete leguas
a cada paso. ¡Y sin treguas!"

El micho, a partir de ese momento, fue conocido por todos como el Gato con Botas y terminó convirtiendo a su amo en al Marqués de Carabás.

Más adelante, Tadea oyó los gritos de dos niños, que procedían de una casa entera de chocolate.

—Ya está mi excolega haciendo de la suyas –se dijo.

Tadea se asomó por la ventana y vio en el interior de la casa una jaula con un niño y una niña dentro, y a la bruja Robustiana preparando el horno para dar buena cuenta de ellos, asados en una cama de patatas y aros de cebolla. Pero la bruja blanca lo impidió con un hechizo:

"Que la bruja Robustiana
se vuelva vegetariana.
Que la carne a mi examiga
le dé dolor de barriga."

Robustiana tuvo que cambiar la carne por un suflé de calabacines y berenjenas. A Hansel y Gretel los liberó enseguida porque no soportaba sus gritos y, ¡total!, como ya no se los iba a comer...

Tenebroso estaba encantado con este trajín de hechizos por aquí y por allá. Y la verdad es que lo de hacer buenas acciones le estaba sentado de maravilla. Además, como Tadea se había vuelto una bruja trabajadora y responsable, ya no tenía que gastar tantas energías ocupándose de ella.

—¡Esto es vida! –se dijo.

Pero más vale que se hubiera callado, porque en cuanto terminó de pronunciar la última sílaba... Por el camino que venía de la montaña, se vislumbró un ser larguirucho, algo desmirriado y desgalichado, y de torpes andares.

—¡Oh! ¡No! No puede ser –suspiró Tenebroso temiéndose lo peor.

Efectivamente, aquel chico desproporcionado y patoso no era otro que Tristancho, que seguía buscando hojas de mandrágora y helecho para sus pociones.

En cuanto Tadea lo vio, comenzó a sudar, se le aceleró el corazón, se le puso la tensión arterial a dieciocho, empezó a sentir mariposas revoloteándole en el estómago, dejó la cesta colgada de la rama de un árbol y, con una sonrisa bobalicona en la cara, se acercó a Tristancho.

—Nuevos idas. Digo, buenos días.

Tenebroso miró a su amiga alejarse por el camino del brazo del muchacho y, encogiéndose de plumas (los pájaros no tienen hombros), murmuró:

—Bueno, por lo menos esta vez, como es autónoma, nadie la puede despedir.

Y, para no darle más vueltas al asunto, se puso a cantar:

"Cojo el siglo de permiso
esta misma primavera.
Podré viajar donde quiera.
¡Será como el paraíso!

Ver algún lugar extraño.
Volar sin escoba y solo.
Me han contado que en el Polo
es de noche medio año.

Ir a un sitio nauseabundo
o, por los dos hemisferios,
visitar los cementerios
y darle la vuelta al mundo.

Llevando un sencillo hatillo
recorreré Rumanía
y pasaré a ver un día
a Drácula en su castillo.

O quizá sea un acierto
que alquile un apartamento
cochambroso y polvoriento
a la orilla del Mar Muerto.

Pese a este plan tan molón,
si me alejo de Tadea,
sé que en cuanto no la vea,
voy a añorarla un montón.

Me tiene siempre angustiado.
Aunque me trae de cabeza,
ella espanta la tristeza.
¡Qué bien me siento a su lado!"